U0613017

国家珍贵古籍名录 · 诗经

《诗经》史话

中国珍贵典籍史话丛书

马银琴 胡霖 ◆ 著

国家圖書館出版社

图书在版编目（CIP）数据

《诗经》史话 / 马银琴，胡霖著 .-- 北京：国家图书馆出版社，2019.4
（中国珍贵典籍史话丛书）
ISBN978-7-5013-6691-0

Ⅰ.①诗…　Ⅱ.①马…　②胡…　Ⅲ.①古体诗—诗集—中国—春秋时代
②《诗经》—研究　Ⅳ.① I222.2

中国版本图书馆 CIP 数据核字（2019）第 043618 号

书　　名	《诗经》史话
著　　者	马银琴　胡　霖　著
责任编辑	黄　鑫

出　　版	国家图书馆出版社（100034 北京市西城区文津街 7 号）
	（原书目文献出版社　北京图书馆出版社）
发　　行	010-66114536　66126153　66151313　66175620
	66121706（传真）　　66126156（门市部）
E-mail	nlcpress@nlc.com（邮购）
Website	www.nlcpress.com →投稿中心
经　　销	新华书店
印　　装	北京金康利印刷有限公司
版　　次	2019 年 4 月第 1 版　2019 年 4 月第 1 次印刷

开　　本	710×1000毫米　1/16
印　　张	13
字　　数	135 千字
印　　数	1—3000 册

书　　号	ISBN 978-7-5013-6691-0
定　　价	50.00 元

《中国珍贵典籍史话丛书》顾问

（按姓氏笔画排序）：

王　尧　　王　素　　王余光　　史金波

白化文　　朱凤瀚　　许逸民　　吴　格

张忱石　　张涌泉　　李孝聪　　李致忠

杨成凯　　陈正宏　　施安昌　　徐　蜀

郭又陵　　傅熹年　　程毅中

毛詩卷第一

周南關雎詁訓傳第一

毛詩國風　鄭氏箋

關雎后妃之德也風之始
也所以風天下而正夫婦
也故用之鄉人焉用之邦
國焉風風也教也風以動
之教以化之詩者志之所
之也在心為志發言為詩
情動於中而形於言言之
不足故嗟歎之嗟歎之不

足故永歌之永歌之不足
不知手之舞之足之蹈之
也情發於聲聲成文謂之
音治世之音安以樂其政
和亂世之音怨以怒其政
乖亡國之音哀以思其民
困故正得失動天地感鬼
神莫近於詩先王以是經
夫婦成孝敬厚人倫美教
化移風俗故詩有六義焉
一曰風二曰賦三曰比四
曰興五曰雅六曰頌上以

图一　熹平石经《诗经》残拓

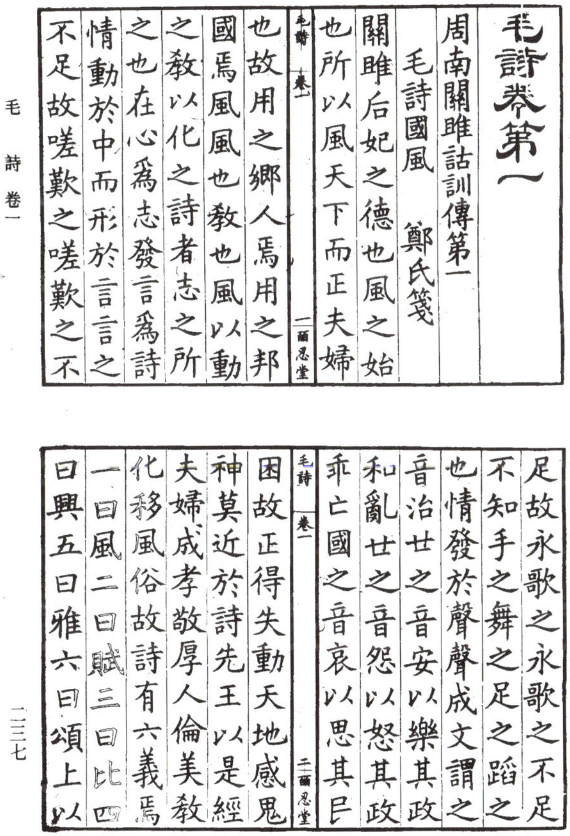

图三　中华书局《景刊唐开成石经》书页

图二　四川博物院藏蜀石经《诗经》残石

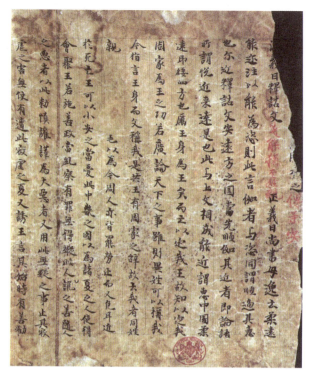

图四　英藏敦煌卷子本《毛诗正义（大雅·民劳）》残页（S.498）

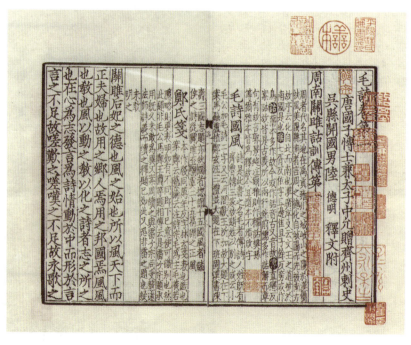

图五　国家图书馆藏宋本《毛诗诂训传》

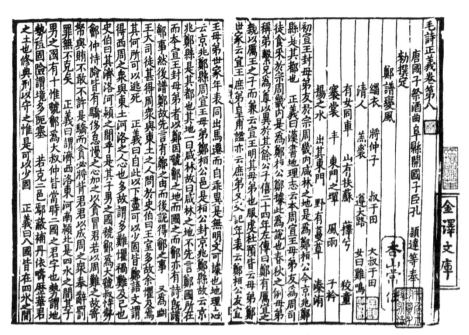

图六　日本武田科学振兴财团杏雨书屋藏南宋刊单疏本《毛诗正义》残本

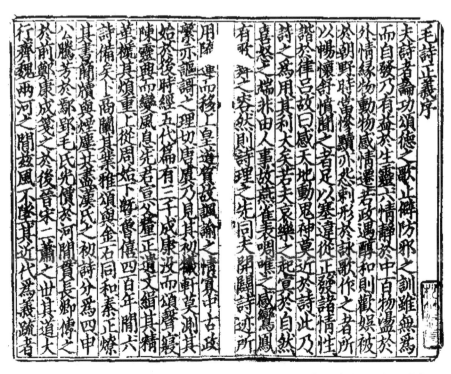

图七　日本足利学校遗迹图书馆藏南宋刻本《附释音毛诗注疏》

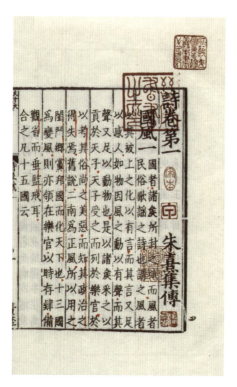

图八　南京图书馆藏宋本《诗集传》

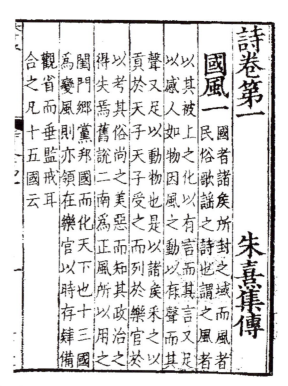

图九　《四部丛刊三编》影印日本静嘉堂文库藏宋本《诗集传》

《中国珍贵典籍史话丛书》序

书籍是记载人类文明发展历程的重要载体，是传播知识和保存文化的重要途径，它蕴藏着丰富的历史文化内涵，是人们汲取精神营养和历史经验的重要来源，在民族兴衰和文化精神的传承维系中，发挥着不可替代的作用。

《尚书·多士》云："惟殷先人，有册有典。"在中华民族数千年的岁月里，人们创造出浩如烟海的典籍文献。这些典籍是中华文明的结晶，是民族生存的基石和前进的阶梯。作为人类发展史上最有价值的文化遗产之一，中国古代典籍是构成世界上唯一绵延数千年未曾中断的独特文化体系的主要成分。

然而，在漫长又剧烈变动的历史中，经过无数次的兵燹水火、虫啮鼠咬、焚籍毁版、千里播迁，留存于世间的典籍已百不遗一。幸运的是，我们这个民族具有一种卓尔不群的品质：即对于文化以及承载它的典籍的铭心之爱。在战乱颠沛的路途上，异族入侵的烽火里，政治高压的禁令下，史无前例的浩劫中……无数的有识之士，竭尽他们的财力、智慧乃至生命，使我们民族的珍贵典籍得以代代相传，传承至今。这些凝聚着前人心血的民族瑰宝，大都具有深远的学术影响、独特的艺术魅力和突出的文物价值，是今天人们了解和学习我国优秀传统文化的宝贵实物资料。它们记载着中华民族的辉煌历史和灿烂文化，诉说着中华民族的百折不挠、临危不惧的民族精神，是先辈留给我们的宝贵精神财富。

新中国成立以来，党和国家高度重视典籍文献的保护工作。2007年启动实施的"中华古籍保护计划"，由国家古籍保护中心（国家图书馆）负责实施，成效显著，在社会上产生了极大的反响。迄今为止，已由国务院陆续公布了四批《国家珍贵古籍名录》，收录了全国各类型藏书机构和个人收藏的珍贵古籍11375部，并拨付专项资金加以保护。可以说，这是一项前所未有的伟大事业。

尽管我国存世的各种典籍堪称汗牛充栋，但为典籍写史的著作却少之又少，许多典籍所蕴含的历史故事鲜为人知。如果不能及时加以记录、整理，随着时代的变迁，它们难免将逐渐湮没在历史长河中，成为中华文明传承中的一大憾事。为此，2012年年底，国家图书馆启动了"中国珍贵典籍史话丛书"项目，旨在"为书立史""为书修史""为书存史"。项目由"中华古籍保护计划"支持立项，采取"史话"的形式，选择《国家珍贵古籍名录》中收录的蕴含着丰富历史故事的珍贵典籍，用通俗的语言讲述其在编纂、抄刻、流传、收藏过程中产生的引人入胜、启迪后人的故事，揭示其与当时的政治、经济、文化和社会发展的密切关系，力图反映中国书籍历史的辉煌与灾厄、欢欣与痛楚。通过生动、多样、丰满的典籍历史画面，使人们更深入地了解和认识典籍，领略典籍的人文精神和艺术魅力，感受中华文化的深厚底蕴。

中华优秀传统文化是我们最深厚的文化软实力。"中国珍贵典籍史话丛书"是以人们喜闻乐见的方式弘扬中华民族博大精深的灿烂文化，使书写在古籍里的文字活起来的一次有益尝试。丛书力求为社会公众提供普及读物，为广大文史爱好者和从业人员提供学习资料，为专家学者提供研究参考。其编纂主要遵循两个原则：一是遵循客观，切近史实。本丛书是关于典籍的信史、正史，而非戏说、演义。因此，每一种史话都是作者钩沉索隐、多方考证的结果，力求言之有据，资料准确，史实确凿，观点审慎；二是通俗生动，图文并茂。本丛书旨在让更多的人了解和热爱中华典籍，通过典籍深入理解中华文化。相对于一般学术著作，它更强调通俗性和生动性，以史话的方式再现典籍历史，雅俗共赏，少长咸宜。

我们真切地希望，通过这套丛书，生动再现典籍的历史，使珍贵典籍从深闺中走出来，进入公众的视野，走进每位爱书人心中，教育和启迪世人，推动"关爱书籍，热爱阅读"的社会风气的形成，让承载着中华文明的典籍在每个人心中长留悠远的书香，为提升全民族文化素养、推动传统文化与时代精神的融合发展做出积极贡献。

"中国珍贵典籍史话丛书"项目自启动以来，得到了社会各界的广泛关注和专家学者的大力支持。一批有较高学术造诣的专家学者直接参与了丛书的策划和撰稿工作，并对丛书的编纂工作积极建言献策，给予指导。借此机会，深表感谢。以史话的形式为书写史，尚属尝试，难免有疏漏、不妥之处，敬请专家学者批评指正，也欢迎广大读者提出宝贵意见和建议。

韩永进

2014 年春于北京

目　　录

前 言

我们现在所说的《诗经》，在很长的历史阶段一直是被直接称为《诗》的。比如孔子就曾说过："不学《诗》，无以言。"他又说："兴于《诗》，立于礼，成于乐。"孔子在世时，为教授弟子，删《诗》正乐，把经其删定的《诗》本，约取篇目总数而称之为《诗三百》，并评论说："《诗三百》，一言以蔽之，曰：思无邪。"此后，《诗三百》也成为人们指称《诗经》时常用的一个名称。

孔子推崇《诗》《书》、礼、乐，并以此来教授弟子。孔子死后，在孔门弟子师徒相授的传承过程中，《诗》《书》《礼》《乐》与《周易》《春秋》一起被奉为儒家经典，合称"六经"。汉兴之后，《诗》《书》《礼》《易》《春秋》诸家之学相继被立为官学，尊置博士。在这个过程中，《诗》作为"经"的名分就被确定下来。司马迁作《史记》，在《儒林列传》中使用了《诗经》这个名称。但此后一直到20世纪初期，《诗经》都不是最为通行的名称。在四家《诗》并行的汉魏时期，人们径直以《齐诗》《韩诗》《鲁诗》《毛诗》呼之。魏晋以后，随着齐、鲁、韩三家《诗》先后亡佚，《毛诗》独行于天下。学者传诗时，或称为《毛诗》，如《毛诗草木鸟兽虫鱼疏》《毛诗注疏》《毛诗传笺通释》等。或称为《诗经》，如《诗经集传》《诗经世本古义》《诗经通释》等。更多的学者则仍然继承孔子的说法,直接称之为《诗》,如《诗总闻》《诗说解颐》《诗所》《诗故》等。一直到20世纪初的新文化运动之后,《诗经》这个名称才逐渐取代《诗》与《诗三百》,成为最通行的称谓而流行于世。

但是与《诗经》名称的固定化趋向不太一致的是,20世纪人们对于《诗经》的了解与接受,恰恰是以消解其经典性质为前提的。在20世纪20年代,顾颉刚发表《诗经的厄运与幸运》,提出《诗经》是"中国文学史上的第一部诗歌总集",胡适、闻一多等人也均朝着这个方向向前推进。胡适认为:"《诗经》并不是一部圣经,确实是一部古代歌谣的总集,可以做社会史的材料,可以做政治史的材料,可以做文化史的材料。万不可说它是一部神圣经典。"闻一多则提出了这样的疑问:"明明一部歌谣集,为什么没人认真的把它当文艺看呢?"在这样的倡导与推动下,《诗经》是一部歌谣集的说法产生了深远的影响,从20世纪中期以后,这种说法即成为主流。然而,在主流之外,还有一种不容被忽视的声音,这就是对"民间说"的质疑。从20世纪30年代朱东润发表《国风出于民间论质疑》开始,这种声音就未曾断绝。而且,随着学术研究的进一步发展,这种质疑越来越受到关注,并在当今《诗经》学界逐渐达成共识。然而,在社会上,《诗经》"民间说"仍在广泛传播,且深刻影响着民众对《诗经》性质的认识。

在当今时代,"传承和弘扬中华民族优秀传统文化"成为时代号角中的最强音,无疑是最让我们这些专注于传统文化的研究者欢欣鼓舞的事情了。然而,在对传统文化的性质了解不清,对传统文化的形成过程认识未明的情况下,如何传承?又如何弘扬?就《诗经》而言,如果不了解《诗经》的性质,不明白其中三百零五首作品的创作情境,不知道《诗经》一书的编辑目的以及传承历史,就不可能真正读懂《诗经》、理解诗义,更不可能真正明白《诗经》在中华民族文化精神建构过程中曾经发挥的重要意义与作用，自然也就不可能做到真正的"传承"与"弘扬"。

那么，《诗经》究竟是一部什么样的书？《〈诗经〉史话》将揭开这个问题的答案。

第一章　郁郁乎文——礼乐制度下《诗经》作品的创作与结集

第一节　功成作乐　治定制礼——周人重礼的文化制度

在人类文化史上，恐怕没有哪个民族对于礼的重视能超过周人。与夏朝人"尊命"、殷人"尊神"相比，周人以"尊礼"著名。周人的尊礼，不仅体现在迎来送往、周旋揖让之际，更体现在现实生活的方方面面。

欲说周礼，不能不从殷周关系的转变以及周公的"制礼作乐"说起。商朝末年，由古公亶父率领的周人部族，经跋山涉水来到岐山脚下，在周原一带，开始了艰苦的创业活动。《诗经·大雅·绵》，以史家的笔法，详细记载了周人居于沮、漆之后，在古公亶父的带领下发展壮大的历史过程：

> 绵绵瓜瓞。民之初生，自土沮漆。古公亶父，陶复陶穴，未有家室。
>
> 古公亶父，来朝走马。率西水浒，至于岐下。爰及姜女，聿来胥宇。
>
> 周原膴膴，堇荼如饴。爰始爰谋，爰契我龟。曰止曰时，

筑室于兹。

乃慰乃止，乃左乃右，乃疆乃理，乃宣乃亩。自西徂东，
周爰执事。

乃召司空，乃召司徒，俾立室家。其绳则直，缩版以载，
作庙翼翼。

捄之陾陾，度之薨薨。筑之登登，削屡冯冯。百堵皆兴，
鼛鼓弗胜。

乃立皋门，皋门有伉。乃立应门，应门将将。乃立冢土，
戎丑攸行。

肆不殄厥愠，亦不陨厥问。柞棫拔矣，行道兑矣。混夷駾矣，
维其喙矣。

虞芮质厥成，文王蹶厥生。予曰有疏附，予曰有先后，
予曰有奔奏，予曰有御侮。

这首诗歌把公亶父率领周人自豳迁岐，定居于沮水、漆水河谷一带视
为周民族壮大的开始。从诗歌的叙述可知，在公亶父时，周人还过着穴居
的生活，一直到他们迁徙到土地肥沃的周原之后，生活方式才得到很大的
改变。在公亶父的带领下，周人在疆理土地、筑城造屋之后还采取了建立
官制、设置社坛等一系列的文化措施，这都为周族的发展壮大奠定了坚实
的基础。

公亶父之后，其少子季历继位。季历初年，周族与殷商王朝保持着良
好的臣属关系，在殷王朝的默许甚至支持下，周人进行了一系列的征伐战
争，打击时常侵扰殷周的诸戎势力。随着周人势力的扩张，殷周关系开始

由紧张至恶化，周族首领季历终为殷王文丁所杀。此后，季历之子姬昌继位。姬昌以修德行善、笼络人心为主要方略，在其苦心经营下，受挫的周族势力得到恢复和发展，"小邦周"逐渐成为西方诸侯方国中很有影响的力量，姬昌因此成为西方诸侯的首领，称"西伯侯"。周人的发展再一次引起了商王朝的猜忌，之后便发生了纣囚西伯于羑里的事情。最后依赖其大臣闳夭、太颠、散宜生诸人之力，西伯侯不但脱离虎口，而且还受赐弓矢斧钺，获得了商纣王授予的征伐之权。平安回到西岐的西伯侯更加注意施恩行善，以德服众。相传虞国人与芮国人之间的争田之讼，也因目睹周人"耕者皆让畔，民俗皆让长"而自惭相让而去。"平虞芮之质"令西伯侯声名大增，诸侯信服。这件事也因此成为周人津津乐道并加以神化的"文王受命称王"的标志①。

　　尽管如此，精通《易》道的周文王仍然小心翼翼地服事着商纣，周国在名义上仍然是殷商的属国，这就是《论语·泰伯》所言"三分天下有其二以服事殷"。周文王一方面以商纣王的名义率领诸侯讨伐不听命于周的犬戎、密须、耆（又称黎）、邗、崇等，另一方面把周人的都城迁至丰邑，为周人的东进做更进一步的准备。就在周文王伐灭耆国时，纣臣祖伊惧祸将至，奔而告纣。笃信天命的商纣王却自负地回答："我生不有命在天乎！"对祖伊"天既讫我殷命"的忧惧与警告置之不理。至周武王继位，殷周关系发生重大转变，孟津观兵揭开了周人伐商的大幕。之后二年，商纣王更加骄横暴虐，杀比干、囚箕子，殷朝的乐官太师疵、少师强携带象征着王权的祭乐器投奔周国。这件事被周武王视为天命佑周的标志，由此遍告诸

---

① 《史记·周本纪》张守节正义云："二国相让后，诸侯归西伯者四十余国，咸尊西伯为王。盖此年受命之年称王也。"

侯，再一次举起了伐商东进的大旗。根据《逸周书·世俘解》记载，在伐商之年，一月丁未日"王乃步自于周，征伐商王纣"，二月甲子朝便"至接于商"。商纣王派出的七十万大军临阵倒戈，变成了为武王开路的先锋。众叛亲离的商纣王登上鹿台，身着玉衣，带着永生的梦想投火自焚，"大邑商"迅速覆灭。

对于这一场战争的经过，《逸周书·克殷解》与《世俘解》有非常详实的记述。而《诗经·大雅·大明》，作为伐商战争胜利之后的典礼颂歌，以不同于史家叙述的独特视角，通过对王季、文王两代人成功婚姻的回顾，歌颂了伐商战争的胜利：

明明在下，赫赫在上。天难忱斯，不易维王。天位殷适，使不挟四方。

挚仲氏任，自彼殷商，来嫁于周。曰嫔于京，乃及王季，维德之行。

大任有身，生此文王。维此文王，小心翼翼，昭事上帝，聿怀多福。厥德不回，以受方国。

天监在下，有命既集。文王初载，天作之合。在洽之阳，在渭之涘。

文王嘉止，大邦有子。大邦有子，伣天之妹。文定厥祥，亲迎于渭。造舟为梁，不显其光。

有命自天，命此文王，于周于京。缵女维莘，长子维行，笃生武王。保右命尔，燮伐大商。

殷商之旅，其会如林。矢于牧野，维予侯兴。上帝临女，无贰尔心。

　　牧野洋洋，檀车煌煌，驷𫘨彭彭。维师尚父，时维鹰扬。
凉彼武王，肆伐大商，会朝清明。

　　诗歌的第一章由周文王的明德光耀上下写起，说到天命难测，纣王虽
处于嫡正之位，上天却让他不再受四方诸侯的拥戴。第二章至第七章，由
太任嫁于王季叙起，写到文王出生之后因小心服事上帝而得到上天的护佑，
于是天作之合成就了文王与太姒的伟大婚姻，生下了承担着伐商大命的武
王。诗歌的最后两章，以极为精练的笔墨概括了牧野之战的过程以及胜利
的结果。

　　历史研究表明，周武王的胜利很大程度得益于时机把握的准确。在他
率军攻打商都朝歌时，商纣王的七十万大军正在征讨东夷，朝歌兵力空虚，
来不及调回军队的纣王在牧野之战中败落并自焚身亡。从商周力量的对比
来说，商纣王的失败具有一定的偶然性。因此，"大邑商"的势力与影响
并未随着商纣王的死去而消亡，殷人复辟的危险时时存在。而且，周人取
得胜利之后，权力的重新分配也引起了内部的矛盾。强敌未灭，内患已生，
国土不宁，政权未稳。武王忧劳成疾，在临终前把定天下、成王业的重任
留给了周公与成王。殷商时代，在王位继承上，除了"父死子继"的方式
之外，同样存在"兄终弟及"的王位继承制。武王临终时，其子姬诵年纪
尚幼，不能承继大任，故武王把王位传给了他的弟弟周公旦，要他承担起平
定天下的大任。同时，他也把自己的儿子姬诵托付给了周公，并且告诉周公，
将来只有把王位传给姬诵，建立起嫡长子继承制，才能永保周室的安宁。

　　随着周公的继位，周室内部潜藏的矛盾公开化，管叔、蔡叔、霍叔不

满于周公摄政称王,挟武庚、率淮夷而反,史称"三监之乱"。《诗经·豳风·鸱鸮》即因此事而作。其诗有云:"鸱鸮鸱鸮,既取我子,无毁我室。"又云:"予手拮据,予所捋荼,予所蓄租,予口卒瘏,曰予未有室家。予羽谯谯,予尾翛翛,予室翘翘,风雨所漂摇。予维音哓哓。"诗歌以鸱鸮代武庚,表达了周公在三监之乱的艰难之境不为困苦所屈服的决心。经过三年的艰苦征战,周公终于诛武庚、管叔而放蔡叔、废霍叔,取得了征伐战争的胜利。

平定三监之乱后,周公所做的最重要的事情就是封建诸侯,如封微子于宋以续殷祀,封康侯于卫,封鲁伯禽于商奄旧地,封齐太公于薄姑旧地等。与封建诸侯同步进行的,就是"迁殷民",如封殷民七族于卫、封殷民六族于鲁等。"建侯卫""迁殷民"政策,从根本上瓦解了武王克商以来殷人残余势力复辟的可能,也消除了权力阶级内部在利益再分配问题上产生的矛盾。周人对殷商的斗争,不但取得了军事上的彻底胜利,而且也取得了政治上的彻底胜利。《大雅·文王》是一首周人取得完全胜利之后祭祀文王的典礼上使用的仪式乐歌。这首乐歌在歌颂以周文王为杰出代表的周人的成功与令德之后,对"侯服于周"的"商之孙子"与在位时王也作了毫不含蓄的劝戒:

文王在上,於昭于天。周虽旧邦,其命维新。有周不显,帝命不时。文王陟降,在帝左右。

亹亹文王,令闻不已。陈锡哉周,侯文王孙子。文王孙子,本支百世。凡周之士,不显亦世。

世之不显,厥犹翼翼。思皇多士,生此王国。王国克生,维周之桢。济济多士，文王以宁。

穆穆文王，於缉熙敬止。假哉天命，有商孙子。商之孙子，其丽不亿。上帝既命，侯于周服。

侯服于周，天命靡常。殷士肤敏，裸将于京。厥作裸将，常服黼冔。王之荩臣，无念尔祖。

无念尔祖，聿修厥德。永言配命，自求多福。殷之未丧师，克配上帝。宜鉴于殷，骏命不易。

命之不易，无遏尔躬。宣昭义问，有虞殷自天。上天之载，无声无臭。仪刑文王，万邦作孚。

该诗的前二章是周初习用的颂圣之辞，主要是歌颂文王受天命而作周；第三章到第五章，盛赞在众多贤士辅佐下周室的壮大，叙述商人的子孙臣属于周，以及宋微子作为殷商之后参加助祭活动时的容止衣着。六、七两章反思殷王朝的盛衰成败，从"宜鉴于殷"（从殷商的灭亡吸取教训）与"有虞殷自天"（又思考殷人顺天而行）两个层面，对在位的时王进行戒勉。

《文王》一诗的苦心也在周初的文化建设中表现出来。周公在平定三监之乱后，急切需要一套与周人的社会生活相适应的制度，来维持整个社会的平稳运行。在周人克商之前，周为殷之属国，祭祀祖先神灵均用殷礼。西周初年的周人文化，也显然是在全面继承殷人文化的基础上发展起来的。但是，自认为"有命在天"的商纣王并没有能够永保天命，割断了与"天""帝"之间的血缘联系的周人，在"皇天无亲，惟德是辅"的观念指导下代殷而立。在这个时候，"率民以事神"的殷人礼制显然不能完全满足初得天下的周人的需要。因此，除了承继殷商时代的"天命"思想，通过宣扬"文王受命称王"使周人的统治获得合法性,除了在庄严隆重的典礼上对殷人的后裔作严正的戒劝之外,以周公为代表的周初统治者,为了安定天下,适应新的形势需要,维持周人统治的长治久安,制礼作乐成为现实需要。例如,对于王位的继承问题,周武王临终前就已提出了"以长小子于位,实维永宁"的嫡长子继承制的思想,至周公平定武庚之乱后,妥善解决这一问题就变得更加迫切。

"王者功成作乐,治定制礼",周公在彻底瓦解殷人残余势力、营筑东都洛邑之后,就开始了制礼作乐的政治文化建设。《孟子·离娄下》这样描述周公制礼作乐时的状态:"周公思兼三王,以施四事。其有不合者,仰而思之,夜以继日,幸而得之,坐以待旦。"周公夜以继日地冥思苦想,除了决定秉承武王遗志,通过致政成王以身作则,在王位继承问题上确立嫡长子继承制的根本原则之外,他对周代文化最大的贡献,就是在宣扬"文德"的基础上,以祭祖礼为根本依托,确立了以"亲亲尊尊"的等级制度为核心的礼乐文化体制,使由原始祀天祭地的宗教活动发展而来的礼,从此走上了政治化、制度化之路,成为"定亲疏、决嫌疑、别异同、明是非"的有效手段。

当然,周初的社会现实决定了周公制礼作乐的必然性,同时也决定了这种"制作"的内容与特点:必须以殷人礼制为基础,通过对殷人文化的大量吸收和改造来制定适应现实需要的周人礼制。因此,周初的礼制在很多方面表现出了与殷商之礼相近甚至相同的特征。这种局面一直持续到昭王时代,至穆王年间才发生根本的改变。真正意义上的"制礼作乐",在经历了周初近百年的漫长的历史过程之后,至昭穆时代才真正成熟起来并逐渐定型。

但是，从周公制礼作乐开始，随着周代历史由天下太平的成、康之际到国力强盛的昭、穆时代，又经懿王、厉王的中衰而至周宣王短暂的中兴，再经幽王覆灭到平王东迁，周代礼乐制度在不断制作—被破坏—修复—再破坏—再修复的起伏过程中，塑造起了周人重礼乐、尚文德的文化品格，同时也为后人留下了人类文明史上最璀璨的一颗明珠——《诗经》。

第二节　礼云乐云　文质彬彬——周人尚文的礼乐生活

殷人的统治在商纣王"我生不有命在天乎"的自负中轰然倒塌，周人在"文王受命而称王"的舆论宣传中接过了"天命"赋予的统治权。但是，刚刚建立政权的周人已清醒地认识到了"皇天无亲，唯德是辅"的严峻现实。因此，为了周室的长治久安，他们改造殷人"率民以事神，先鬼而后礼"的统治模式，建立起了"尊礼尚施，事鬼敬神而远之"等级森严的周代礼制。我们知道，"礼"的基本功能是"辨异"，所谓"夫礼者，定亲疏、决嫌疑、别异同、明是非也"。但是，就维护人类群体性的社会生活而言，"辨异"固然重要，"统同"却具有更加现实的政治意义。古人很早就认识到了源自于人心的"乐"在移风易俗的社会教化中所具有的统同作用。如《礼记·乐记》有这样一段话：

　　志微噍杀之音作，而民思忧；啴谐慢易、繁文简节之音作，而民康乐；粗厉猛起、奋末广贲之音作，而民刚毅；廉直劲正、庄诚之音作，而民肃敬；宽裕肉好、顺成和动之音作，而民慈爱；

流辟邪散、狄成涤滥之音作，而民淫乱。

这段话的意思是说，细碎急促的音乐响起，人们会感到忧伤；宽和舒缓、音调丰富而节奏简明的音乐响起，人们就会安乐；粗犷有力、发声突然而结束于亢奋宽阔的音乐响起，人们就会生起刚毅之情；廉直刚正、庄重真诚的音乐响起，人们就会肃然起敬；宽裕圆润、平顺和谐的音乐响起，人们就会生起慈爱之心；而浮躁怪僻、邪散放荡的音乐响起，人们就会萌生淫乱之心。不同风格的音乐直接引发人们不同的情感反应，这也就是古人常说的"情缘物动，物感情迁"（孔颖达《毛诗正义序》）。

正是因为认识到了音乐移风易俗、统同人心的巨大作用，所以从传说时代开始，就出现了典乐之官，乐与礼相辅而行，成为维护社会政治秩序的重要手段："夔，命汝典乐，教胄子。直而温，宽而栗，刚而无虐，简而无傲。诗言志，歌永言，声依永，律和声。八音克谐，无相夺伦，神人以和。"《尚书·尧典》这一段被托属于帝舜、实际应该产生于西周中后期的文字，道尽了"寓教于乐"的丰富内涵：通过诗、歌、声、律等与音乐密切相联的"乐"的教育，培养国子正直而温和、宽厚而庄敬、刚强而不暴虐、勇猛而不傲慢的人格精神。周人立国之后，"尊礼尚施"的周人把礼乐的社会功能发挥到了极致。被殷人用来着重祭祀祖先神灵的"乐"，被周人施及于社会生活的方方面面，由此形成了以礼为精神内核，以乐为外在表现方式的礼乐化生活方式，这也使得尊卑分明、等级森严的周代礼制呈现出了和谐尚文、文质彬彬的礼乐的光辉。伴随着礼乐制度的发展与典礼仪式的完善，《诗经》所收录的各类仪式乐歌也就跟着产生了。

首先，祭祀祖先神灵的仪式是要用乐的。古人认为，"国之大事，在祀与戎"（《左传·成公十三年》）。对于一个国家而言，最重要的事情只有两件，这就是祭祀和战争。所以，在取得军事胜利之后，周人首先发展完善的，就是祭祀祖先神灵的礼仪。这也是《周颂》以及《大雅》中时代较早的作品，大都与相应的祭祀仪式相关联的根本原因。其中最著名的如《周颂》中通常被称为"《清庙》之三"的《清庙》《维天之命》《维清》，以及前文提及的《大雅·文王》，就是周公平定天下之后在祭祀周文王的祀典中与乐、舞配合使用的乐歌。其使用程序大致如下：《清庙》为祀典序曲，"於穆清庙，肃雝显相。济济多士，秉文之德，对越在天，骏奔走在庙"，在壮美清明的宗庙中，参加助祭的诸侯和众多贤士个个肃穆庄严、忙碌从事。登堂而歌《清庙》，宣告典礼活动正式开始。《维天之命》为主祭之歌："维天之命，於穆不已。於乎不显，文王之德之纯。假以溢我，我其收之，骏惠我文王，曾孙笃之。"全力颂赞文王的美德，表达自己将遵顺文王之德教并笃行之。之后以《大雅·文王》申述文王受命作周之意，戒劝殷人子孙及在位大臣安服天命，自求多福。不容置疑的告诫之辞，突出表现了借祭祀典礼宣威示德的深刻的政治含义，由此也能理解周人祭祖要"二王之后"（即杞、宋两国诸侯）参与助祭的原因。宣威示德的申诫之后，表演象征文王武功的《象》舞，同时歌《维清》以为舞节。整个礼乐过程，从歌颂文王明德的《清庙》开始，以象征文王武功的《象》舞结束，这个结构，正好与子夏为魏文侯论古乐时所言"始奏以文，复乱以武"相合。

　　著名的《大武乐》也是周初祭祖礼的重要成果。《左传·宣公十二年》通过楚庄王之口记载了这部作品："武王克商，作《颂》曰……又作《武》，其卒章曰：'耆定尔功。'其三曰：'铺时绎思，我徂维求定。'其六曰：'绥万邦，屡丰年。'夫《武》，禁暴、戢兵、保大、定功、安民、和众、丰财者也，故使子孙无忘其章。"楚庄王这段话的意思是说：周武王在克商之后，做了《武》；《武》的创作宗旨，是要彰示禁除暴力、平息战争、安居高位、建功立业、安定民心、和合百姓、丰裕资财的精神。这里所说的《武》，就是在后世非常著名的《大武》，又被称为《大武舞》或《大武乐》。归属于《武》的"卒章""其三"与"其六"，即现存于《周颂》中的《武》《赉》和《桓》。从楚庄王的话来看，《大武》应该是后起的名字，很可能是为了与《周颂·武》相区别才添加了"大"字。楚庄王话语中的"卒章"，据马瑞辰《毛诗传笺通释》与高亨《周颂考释》反复研究，应该是"次章"之误。除了保存下《大武》的部分配乐歌辞之外，楚庄王的这段话，还十分清楚地论述了《大武》所要彰显的禁暴、安民、和众、丰财的精神归旨。

与《左传》相比，《礼记·乐记》中孔子与宾牟贾的问答，更详细地记录了《大武》六个乐章的舞容及其礼乐内涵：

> 宾牟贾侍坐于孔子，孔子与之言，及乐，曰："夫《武》之备戒之已久，何也？"对曰："病不得其众也。""咏叹之，淫液之，何也？"对曰："恐不逮事也。""发扬蹈厉之已蚤，何也？"对曰："及时事也。""《武》坐，致右宪左，何也？"对曰："非《武》坐也。""声淫及商，何也？"对曰："非《武》音也。"子曰："若非《武》音，则何音也？"对曰："有司失其传也。若非有司失其传，则武王之志荒矣。"子曰："唯！丘之闻诸苌弘，亦若吾子之言是也。"宾牟贾起，免席而请曰："夫《武》之备戒之已久，则既闻命矣，敢问迟之迟而又久，何也？"子曰："居！

吾语汝。夫乐者，象成者也；总干而山立，武王之事也；发扬蹈厉，大公之志也。《武》乱皆坐，周、召之治也。且夫《武》，始而北出，再成而灭商。三成而南，四成而南国是疆，五成而分陕，周公左，召公右，六成复缀，以崇天子。夹振之而驷伐，盛威于中国也。分夹而进，事蚤济也。久立于缀，以待诸侯之至也。"

这是一个很有意思的故事，在孔子与宾牟贾的一问一答中，作为六代大舞之一的《大武舞》，宾牟贾对其音乐与舞容的解释，居然导出了一个如果不是有司失职造成传承出现错误，就是武王的志意荒怠的结论。从孔子说他从苌弘处听到的也是与此相同的解释可知，到了孔子时代，对于《大武》的舞容及乐义，很多人已经弄不清楚了。所谓不愤不启，不悱不发，在引导宾牟贾发现自己认识的偏差之后主动请教时，孔子于是系统解释了《大武》六成的内容以及舞容的象征意义：这是对武王克殷、平定天下的历史过程的重现，开始的"总干而山立"，象征着武王伐商时的稳重谨慎；之后的"发扬蹈厉"，象征着姜太公的雄心壮志；最后舞蹈者的整齐跪坐，象征着周公、召公偃武修文、辅佐朝政的治绩。

如果把《左传》所记载的歌辞与《乐记》所记载的舞容，以及后人对《大武》的研究成果综合起来，可以知道，配合《大武乐》的歌辞，应是《周颂》中的《我将》《武》《赉》《酌》与《桓》。这五首乐歌非一时之作，但是，由于与之相联系的事件在时间上的连续性以及乐歌主题所呈现的一致性，使之可以在祭祀文、武，复现周初平定天下之大功、告其成功于神明的统一主题下编组，从而构成一个较为完整的有机结构：第一成表现周人开始发兵征伐商纣，以《我将》祭祀文王，祈佑于天与文王，表达效法文王，平定四方的决心，揭开了伐商大幕；第二成表现商纣失败，商朝灭亡，《武》诗以"胜殷遏刘，耆定尔功"（战胜殷商遏止杀戮，奠定了周武王的功业），歌颂武王克殷的重大胜利；第三成表现周人向南继续开疆拓土的功绩，这反映的正是《逸周书·世俘解》所记载的武王克殷之后征伐四方，灭国九十九，服国六百五十二的建国历史，这与《赉》诗所表达的"我徂维求定"（我只求平定天下）正相吻合；第四成表现天下既平，南方诸国也纳入周王朝的势力范围；立国平天下的伟大功业既成，于是以其成功告于神明，故而有了第五成"告成大武"、赞美武王克殷定天下之《酌》；据《左传》记载，周人克殷前曾发生饥荒，等克殷之后，出现了连年丰收的好年景，这正是其六《桓》诗"绥万邦，屡丰年"所描述的克殷、平乱之后各国安定、五谷丰登、天下太平的景象。武王平定四方，奠定周家基业，于是，《大武乐》第六成通过舞者回归舞位，表达了尊崇天子的乐舞内容。《大武乐》的内容和形式，为后人理解"美盛德之形容，以其成功告于神明"的"颂"，如何通过仪式典礼上歌、乐、舞的配合实现告功神明、重鉴子孙的政治目的提供了范例。

其次，新君嗣位的登基仪式是用乐的。《周颂》中的《闵予小子》《访落》《敬之》《小毖》四首，就是在周穆王的登基典礼上使用的乐歌。这组乐歌最引人注意的，是弥漫于其中的悲悯、哀哀之情。如《闵予小子》之"遭家不造"、《访落》"维予小子，未堪家多难"、《小毖》"未堪家多难，予又集于蓼"等。在穆王登基典礼中使用的乐歌为什么会出现与

《尚书·顾命》所载康王典礼庄严肃穆的情境完全不同的内容呢？这缘于其父周昭王的意外死亡。西周的昭、穆时代，是周王室由极盛而走向衰落的转折期。在经历了周成王至周康王四十多年休养生息的平稳发展之后，至昭王时，东夷、虎方、荆楚相继叛周，周王室因此进行了一系列的征伐战争。根据《史记·周本纪》记载，周昭王时，周王室的统治开始出现微弱的征兆，周昭王到南方去巡狩，结果没能回来，死在了汉水之上。这里说的到南方巡狩，实际上就是率兵南伐荆楚。根据铜器铭文记载，周昭王曾两次率兵伐楚，第二次伐楚时丧师殒命，溺死于汉水之上。昭王野死于南国，对周王室而言无疑是一个巨大的灾难。至春秋时期号称"尊王攘夷"的齐桓公还以此作为征讨楚国的口实，那么，在周穆王仓促继位时使用的典礼乐歌中反复出现"遭家不造""未堪家多难"一类的诗句，也就不难理解了。但穆王毕竟是一位有为之君，除了哀叹遭遇的不幸之外，其中的《敬之》一诗，也表达了遵循祖考之道、敬慎国事、成就光明之德的决心。[①]而后来的历史也确实朝着《敬之》一诗所期望的方向发展了。周穆王效法祖考，整顿朝纲，最终取得了天下复宁的伟大成就，由此造就了周代文化的极盛时期。

---

① 清华简《周公之琴舞》公布之后，其中一首与《敬之》语辞大同，故而引发学界热议。但是通读《周公之琴舞》，从一开始就说"儆毖"可知，这些诗篇的主旨都是发生在周公与成王之间的戒勉和自儆。这个主题，和西周初年的《颂》着重"美盛德之形容，以其成功告于神明"的要求并不符合。因此，即使《周公之琴舞》确为西周初年周公、成王的作品，它们未能进入《周颂》，原因正在于此。而《敬之》之所以成为特例，并不是因为它是周公、周王之"颂诗"，而是因为在周穆王时代，这首诗与《闵予小子》等结成组诗，以穆王登基典礼乐歌的身份，才取得了进入诗文本的机会。所以，《周公之琴舞》作于周公成王时，并不能成为否定《敬之》作为《闵予小子》这组诗歌出现于穆王时的理由。

周穆王时期文化的繁荣，不仅表现在留下了一系列祭祀颂功的仪式乐歌，如《周颂》中的《执竞》《载见》，《大雅》中的《棫朴》《文王有声》等，同时还发展出了丰富多彩的燕饮文化以及燕饮礼仪。礼乐因素的加入，让饮食行为超越了作为生存手段的工具性质，"饮酒以合会为欢也"，于是，明君臣之义、洽兄弟之情的燕礼、乡饮酒礼应运而生，燕享乐歌随之出现。可以说，燕享乐歌就是燕饮礼仪走向成熟的标志。在见载于《穆天子传》的周穆王西行宾于西王母的历史神话中，最引人注目的就是周穆王与西王母的酬唱歌诗。《诗经》的《大雅》当中，也保留了中国文化史上留存下来的最早的燕享乐歌，它们就是创作于周穆王时代的《行苇》《既醉》和《凫鹥》。

《行苇》描述了举行燕射礼仪的完整过程：

敦彼行苇，牛羊勿践履。方苞方体，维叶泥泥。戚戚兄弟，莫远具尔。

或肆之筵，或授之几。肆筵设席，授几有缉御。或献或酢，洗爵奠斝。

醓醢以荐，或燔或炙。嘉殽脾臄，或歌或咢。

敦弓既坚，四鍭既钧，舍矢既均，序宾以贤。

敦弓既句，既挟四鍭。四鍭如树，序宾以不侮。

曾孙维主，酒醴维醹，酌以大斗，以祈黄耇。

黄耇台背，以引以翼。寿考维祺，以介景福。

诗歌由仁及草本言及亲于兄弟，表现的正是周人用饮食之礼来亲密宗族兄弟的礼乐宗旨。二、三章记述燕礼场面，"或献或酢"为宾主行献酢之礼，"或歌或咢"写行礼过程中的歌乐配合。四、五两章记述射礼经过，"序宾以贤"则表明了以射礼观德选贤的礼乐意义。六、七两章记述射后复燕、宾主互酬之礼，以及养老乞言、祈取福寿之意。诗歌所记述的整个过程仪节有序，繁而不乱，与《仪礼》中《燕礼》所记载的礼仪程序大致相合。

《行苇》这首诗典型地表现了周代社会诗礼乐一体的存在状态：歌乐是典礼活动的组成部分，歌乐完全围绕典礼活动展开，且以记述行礼的过程为基本内容。这是早期仪式乐歌的基本特点，也由此反映了早期乐歌从属于典礼的基本属性。与《行苇》相比，同为燕享乐歌的《小雅·鹿鸣》就表现了与《行苇》不同的特点。《鹿鸣》诗云：

呦呦鹿鸣，食野之苹。我有嘉宾，鼓瑟吹笙。吹笙鼓簧，承筐是将。人之好我，示我周行！

呦呦鹿鸣，食野之蒿。我有嘉宾，德音孔昭。视民不恌，君子是则是效。我有旨酒，嘉宾式燕以敖！

呦呦鹿鸣，食野之芩。我有嘉宾，鼓瑟鼓琴。鼓瑟鼓琴，和乐且湛。我有旨酒，以燕乐嘉宾之心！

和《行苇》关注仪式的进行过程不同，《鹿鸣》所关注的重心已经不在仪式本身，而是举行燕饮仪式时和乐融洽的气氛以及燕饮者对和乐的心理感受。

从某种意义上说，从《行苇》到《鹿鸣》的变化，表现出了从西周中期到西周后期思想观念上的一个巨大变化。在《行苇》产生的周穆王时代，

仍然是一个神灵至上的时代，因此，在歌乐的最后，行礼者念念不忘的是
向神灵祈取福祉。但是在经历了国人暴乱、周厉王被赶出京城，整个社会
陷入巨大危机的"共和"时代之后，人们在怨天之余，开始关注人事、人性。
从《大雅》中的《抑》《桑柔》等诗的怨天，到《小雅》中的《鹿鸣》《伐
木》等诗对"和乐""和平"的切身感受，中国人的思维经历了由怀疑神
性到关注人性的巨大进步。而对燕饮仪式上饮食、歌乐之"和"的深刻感受，
则直接启发了中国哲学中具有根本意义的"和"观念的产生。"夫和实生
物，同则不继，以他平他谓之和"（《国语·郑语》）。"和"，从本质上讲，
就是异质的东西在一起时达成的一种相对稳定、和谐的状态。燕饮中的饮
食、歌乐之"和"，让周人充分地意识到了矛盾和冲突的意义。所以他们
才会讲究"和而不同"，才会追求"以他平他"。"以他平他谓之和""声
应相保曰和""和如羹焉"，这些对"和"的界定中，就已经充分肯定了
差异性对于推动事物发展变化的根本意义。从这个意义上来说，周人的燕
享仪式用乐，不仅是其"尚文""重礼"的文化表达方式，为中国文学史
贡献了一批独具特色的燕享乐歌，同时，这一行为本身，还为中国文化贡
献了具有奠基意义的"和"的思想与性质。

祭祀、嗣位等庄严典正的场合要配乐，燕享群臣以使上下亲和的燕礼
要用乐。除此之外，周人还有房中之乐。所谓房中之乐，就是后妃、夫人
侍奉其君时使用的音乐。史籍记载中最早的房中之乐，是周公、召公取来
作为房中之乐使用的"周南"与"召南"。《吕氏春秋·音初》记载这件
事情时，还追述了有关南音起源的传说：当年夏禹巡狩南土时，准备见涂
山氏之女，还没有见到，夏禹就动身去了南方，于是涂山氏之女让侍女在
涂山南面等候，侍女于是唱了一首歌，歌中唱道："侯人兮猗。"这就是

最早的南音。周公、召公制礼作乐时，取这种音乐作为房中之乐，称之为"周南""召南"。这个古老的传说告诉我们，"南音"应该是一种产生于夏初，流行于南土的"乡乐"，即乡土地方音乐，在西周初年制礼作乐时，周公、召公选择它作为"房中之乐"。但是，被周公、召公取用为房中之乐的"周南"与"召南"，并非对应于今本《诗经》中的"二南"。在整个西周时代，作为房中之乐的"二南"，一直独立于雅、颂仪式正乐之外，它们的音乐与歌辞自成一系，由王室女史掌管，不与《雅》《颂》仪式正歌同编。因此，整个西周时代，没有任何一首与"二南"相配合的歌辞流出宫廷、传于后世。到了西周后期，《小雅·鼓钟》诗中出现了"以雅以南，以籥不僭"的句子，这是"南"出现在雅乐系统并且在王室内廷之外发生影响的标志。至东周王室重建礼乐体系，长期以来只能作为"阴声""缦乐"或"房中之乐"使用的"周南"与"召南"，终于获得了王室"正歌"的身份，被用为燕礼、乡饮酒礼等仪式的"合乐之歌"，这些歌辞被编入周王室的仪式乐歌文本，这就是现存的《周南》和《召南》。

在"周南"与"召南"获得"正歌"的身份之后，长期作为"房中之乐"的历史积淀所形成的文化认知，也仍然在乐歌的使用中发挥着重要的影响力，这就是以"乐章义"的形式表现出来的相对统一的主题："后妃之德"与"夫人之德"。因为这"后妃之德"与"夫人之德"的差异，自古以来，学者们对《周南》与《召南》的阐释，总是与天子、诸侯之别关联起来。例如最早阐释诗义的《毛诗序》，就认为从《关雎》到《麟趾》，都表现的是王者之风，因此把它们与周公关联起来，称为"周南"；而从《鹊巢》到《驺虞》，表现的是诸侯之风，是先王用来教化的工具，所以把它们和召公关系起来，称之为"召南"。但是，既然在仪式配乐时出自《周南》

与《召南》的《关雎》《鹊巢》等诗同被称为"正歌",而它们的音乐属性又同属"乡乐",那么,这"后妃之德"与"夫人之德"的区分又从何而来呢?原因还得从与乐章义所关联的"后妃"与"夫人"的差异以及与诗义的关联中去寻求。

所谓"后妃之德"与"夫人之德",实质上就是与后妃、夫人不同的尊卑等级相匹配的德行。按照周礼的规定,周天子的正妻称"后"。"妃",本义是匹配。所以又说"天子之妃曰后"。到后世,"妃"逐渐变成嫔妃的通称。"夫人"的地位低后一等。《礼记·昏义》中有这样一段话:"古者天子后立六宫,三夫人,九嫔,二十七世妇,八十一御妻,以听天下之内治,以明章妇顺,故天下内和而家理。"这就是说,同样是天子的嫔妃,他们的地位有后、夫人、嫔、世妇、御妻这样的尊卑差别。对应于天子、诸侯、大夫的尊卑等级差别,他们的正妻也就有各自相应的称呼:天子的正妻为"后",诸侯正妻为"夫人",大夫的正妻为"妻"。

而就《周南》与《召南》这两组诗歌而言,除了《周南》中的《兔罝》《汝坟》以及《召南》中的《甘棠》《羔羊》等为数不多的几首诗歌之外,其余的诗歌大多与婚嫁、求子等女性生活相关联。若再作细究,可以发现,《周南》以《关雎》《葛覃》《樛木》《螽斯》《桃夭》《芣苢》《汉广》等诗为代表,表达出了比较鲜明的夫家立场;《召南》则以《鹊巢》《草虫》《采蘋》《行露》《殷其雷》《摽有梅》《野有死麕》《何彼襛矣》为代表,表达了比较鲜明的女家立场。《关雎》之"窈窕淑女,钟鼓乐之"(美丽贤淑的女子,鸣钟击鼓来取悦她)与《鹊巢》之"之子于归,百两御之"(这个女子要嫁人了,百辆马车来送嫁),一写娶妻,一写嫁女,泾渭分明。这里拟再以《周南·桃夭》与《召南·何彼襛矣》为例作进一步说明。

《桃夭》诗云：

> 桃之夭夭，灼灼其华。之子于归，宜其室家。
>
> 桃之夭夭，有蕡其实。之子于归，宜其家室。
>
> 桃之夭夭，其叶蓁蓁。之子于归，宜其家人。

这是一首赞美女子出嫁的颂歌，以桃花的艳丽喻女子的美貌，以桃实的繁多硕大预祝多子多福，以桃叶的繁密喻人丁兴旺。尽管诗歌唱的是"之子于归"，但与《鹊巢》的"百辆御之"写送亲队伍不同，《桃夭》的落脚点在"宜其室家"上。由此可知，《桃夭》是站在夫家立场的婚礼颂歌。

再看《何彼襛矣》：

> 何彼襛矣？唐棣之华。曷不肃雍？王姬之车。
>
> 何彼襛矣？华如桃李。平王之孙，齐侯之子。
>
> 其钓维何？维丝伊缗。齐侯之子，平王之孙。

那秾丽绚烂的是什么？是唐棣盛开的花朵。那庄严雍容的是什么？是王姬出嫁的车队。从出嫁的"王姬"可知这是一首歌唱王室嫁女的诗歌。由此而言，站在夫家的立场上歌唱婚姻嫁娶、祈求多子多孙的《周南》组诗，之所以和"后妃之德"相关联；站在女家立场歌唱送女出嫁、以及表达见到君子之后安心喜悦的《召南》诸诗，之所以和"夫人之德"相关联，其根本的原因，或许就在于它们分别关联于周王室的娶与嫁：周天子娶诸侯之女以为后，王室之女嫁于诸侯、大臣而成为诸侯夫人、大夫妻，所以，《周南》为周王室的娶妇之歌，而《召南》则为周王室嫁女之乐。在经历了两周之际由"房中之乐"升级为王室"正歌"的变化之后，尽管歌辞的内容更加复杂，歌颂"赳赳武夫，公侯干城"的《兔置》，歌颂有德大臣的《羔羊》等都成为其内容之一。但"二南"的音乐，却仍然表现出了历史积淀中所形成的一定传承性的文化属性，由此才有了"后妃"与"夫人"的不同，才有了"王者之风"与"诸侯之风"的区别。实际上，不管是"王者之风"还是"诸侯之风"，"二南"组诗都充分地表现了周人富有礼文色彩的婚姻生活。

到了春秋时代，在瞽蒙歌诗之外，又出现了另一种形态的礼乐之文，即赋诗言志。所谓赋诗言志，就是在外交聘问场合，把自己的想法、意见通过直陈《诗》篇或诗句的方式隐曲地表达出来。这是一项要求赋诗双方均有较高的言辞修养，对《诗》非常熟悉才能完成的活动。据《国语·晋语四》记载，晋公子重耳流亡途中到达秦国，得到秦穆公的礼遇。在参加秦穆公的招待宴会之前，公子重耳想让咎犯随同前往，咎犯说："吾之文不如衰也，请使衰从。"跟随重耳赴宴的赵衰，非常精确地领会到了秦穆公赋《采菽》一诗"以天子之命服命重耳"的用意，于是让重耳以《黍苗》答赋，表达仰仗秦伯庇阴膏泽之意。赵衰的文才成就了这一次赋诗言志的盛况，也促成了秦伯与晋公子重耳的合作，为公子重耳立下了汗马功劳。

《左传》中也记载了一些因为不通《诗》义而导致外交活动失败的事件。如《左传·文公四年》记载宁武子聘鲁时发生的故事：

> 卫宁武子来聘，公与之宴，为赋《湛露》及《彤弓》，不辞，又不答赋。使行人私焉，对曰："臣以为肄业及之也。昔诸侯朝正于王，王宴乐之，于是乎赋《湛露》，则天子当阳，诸侯用命也。

诸侯敌王所忾而献其功，王于是乎赐之彤弓一、彤矢百、玈弓矢千，

以觉报宴。今陪臣来继旧好，君辱贶之，其敢干大礼以自取戾？"

卫国的宁武子访问鲁国，受到了鲁文公的宴请。在宴会期间，鲁文公让乐工歌奏《湛露》和《彤弓》来表达自己喜乐的心情。但是，在宁武子看来，《湛露》和《彤弓》分别是在诸侯朝见天子以及天子赐有功诸侯时才能使用的歌乐。自己作为诸侯之臣来拜见鲁君，鲁君不应该违背礼制使用天子之乐来接待自己。面对这种情况，宁武子于是以"不辞，又不答赋"的佯装不知来应对。面对宁武子的没有反应，鲁文公弄不清楚是哪里出了问题，于是派外交官私下里来询问。宁武子作为一个懂得礼数的人，他不说鲁君用错了乐，却说自己以为只是乐工在练习曲子。但是他紧跟着阐述了《湛露》和《彤弓》的正确使用方式，实际上就是指出了鲁君的失礼。这是一种大智若愚的做法，孔子因此称赞他说："其智可及，其愚不可及也。"（《论语·公冶长》）

宁武子的"不答赋"是为了维护礼制的等级规定，而齐国庆封到鲁国时的"不答赋"，则在违礼的同时也显示出了其人的粗鄙。根据《左传·襄公二十七年》的记载，其事大致如此：把持齐国政权的庆封到鲁国来访问，乘坐的马车十分华美。鲁国的孟孙氏对叔孙豹说："庆季的车真的很美啊。"叔孙豹回答说："我听人说过：车服的华美与德行不相符，一定不会有好结果。"之后叔孙豹宴请庆封，庆封也没有礼敬之行。叔孙因此赋《相鼠》一诗来讽刺他，庆封没有听懂。一年之后，齐人诛杀了庆封的儿子庆舍。庆封出奔，叔孙豹再次宴请庆封，庆封在宴前的祭祀典礼上很不恭敬，这让叔孙豹很不高兴，叔孙豹于是让乐工朗诵《茅鸱》一诗给庆封听，结果

庆封仍然没有听懂。之后迫于齐国的压力，庆封离开鲁国出奔吴国，吴国让庆封一家居于朱方，比他在齐国时更加富有。于是，面对子服惠伯的感叹，叔孙豹说了一句很有意味的话："善良的人富有称之为赏，荒淫的人富有称之为殃。老天爷将要让他遭殃了，他们将被聚拢到一起杀掉。"果然，到鲁昭公四年（前538），庆封被楚人灭族。

在这个故事中，最引人注意的是叔孙豹的两次赋《诗》与庆封的两次听不懂。襄公二十七年（前546）前后，正是赋诗言志之风盛行的时期。作为齐国的执政大臣，庆封不了解《相鼠》《茅鸱》的讽刺之义是非常不合时宜的。《左传》作者把对这两件事情的记述与庆封最终被杀关联起来，鲜明地表达了对其违背周礼、不晓礼文行为的贬损态度。

历史记录总是偏爱具有重大典礼、文化意义的事件，普通人日常生活中的礼乐活动，很难为史家笔触所及。但是，《礼记·曲礼下》中说："大夫无故不彻县，士无故不彻琴瑟。"故，指灾难丧病等。县，即乐悬，指悬挂的钟磬类乐器。如果没有灾难丧病，大夫不彻除乐悬，士不离琴瑟。这实际上说明了以乐悬、琴瑟为代表的乐在日常生活中不可须臾去之的重要意义。以"礼"为内核的"乐"，随着礼乐制度的推行，深深融入了周人的生活。"礼云礼云，玉帛云乎哉？乐云乐云，钟鼓云乎哉？"礼之所贵，在于安上治民；乐之所贵，在于移风易俗。礼与乐的相辅而行，在为周人提供必须遵循的行为规范时，使周人的生活方式表现出了文质彬彬的诗性光辉，由此进一步奠定了中国文化崇礼尚文的文化底蕴。

第三节　公卿献诗　瞍赋蒙诵——献诗、采诗的讽谏传统

周人在钟鸣鼎食、鼓瑟鼓琴的礼乐追求中创造出了"郁郁乎文哉"的礼乐文明。而另一方面，商纣王因不听箕子、比干之谏而亡国亡身的经历，也给周人留下了极为深刻的历史记忆，所谓"殷鉴不远，在夏后之世"。因此，为了避免重蹈覆辙，从立国之初，周人就建立了广开言路、听政于民的谏官制度。也可以说，周人的崇礼尚文，不仅通过各种典礼仪式中歌乐礼文的繁盛表现出来，不仅通过"大夫无故不彻县，士无故不彻琴瑟"的礼乐化的日常生活表现出来，同样，也通过公卿献诗、瞽献曲、师箴瞍赋的讽谏制度体现出来。《国语·周语上》召穆公在向周厉王进谏时，曾述及这一制度：

> 为川者决之使导，为民者宣之使言。故天子听政，使公卿至
> 于列士献诗，瞽献曲，史献书，师箴，瞍赋，蒙诵，百工谏，庶
> 人传语。近臣尽规，亲戚补察，瞽史教诲，耆艾修之，而后王斟
> 酌焉。是以事行而不悖。

召穆公的这一段话，是在周厉王派卫巫监谤者，导致国人莫敢言，道路以目，而周厉王却以能弭谤自喜的情况下说出来的。他首先开门见山地指出宣导民情、倾听民意的重要意义，然后十分具体地陈述了天子听政应该遵循的正确方法。在这里，天子所听之"言"，除了来自于近臣、亲戚、

公卿至于列士等有位有爵者，以及在各类仪式活动中担任重要职责的瞽、史、师、瞍之外，还包括地位低下的百工与庶人。而进言的方式，除了"献诗"之外，还有"献曲""箴""赋""诵"以及"传语"。自上而下不同阶层、职业的人群，都有与其身份地位相适应的宣言渠道。在各种形式的谏言汇集于朝廷之后，与周王关系密切的近臣、亲戚、瞽史、耆艾等，要积极发表意见，发挥补察、教诲、修饬的作用，再由周王斟酌。依乎此，政事才得以顺行而不违背事理。这一制度，在《国语·晋语六》，又通过赵文子之口被进一步证实：

> 兴王赏谏臣，逸王罚之。吾闻古之王者，政德既成，又听于民，于是乎使工诵谏于朝，在列者献诗使勿兜，风听胪言于市，辨袄祥于谣，考百事于朝，问谤誉于路。有邪而正之，尽戒之术也。

除了在朝堂之上听取乐工"诵谏"，接受"在列者献诗"之外，古代的圣王还会积极主动地收集各种来自民间的意见："风听胪言于市""辨袄祥于谣""问谤誉于路"。周王朝的国运能持续八百年，成为中国历史上"最长久"的王朝，不仅缘自于礼乐制度的保障，同样也得益于其广开言路、听政于民的文化政策。

《国语·周语上》记载了一则祭公谋父谏穆王的故事：

> 穆王将征犬戎，祭公谋父谏曰："不可！先王耀德不观兵。夫兵，戢而时动，动则威，观则玩，玩则无震。是故周文公之《颂》曰：'载戢干戈，载橐弓矢，我求懿德，肆于时夏，允王保之。'先王之于民也，懋正其德而厚其性，阜其财求而利其器用，明利

害之乡,以文修之,使务利而避害,怀德而畏威,故能保世以滋大。"

这一次祭公谋父向周穆王的进谏,采用的是引《诗》讽谏的方式,即直接引用收录于《周颂》的《时迈》一诗对于"懿德"的崇尚来劝谏周穆王要偃武修文、怀德畏威,以求得王室长久的安宁与发展。

《左传·昭公十二年》又通过楚灵王与右尹子革的问答,记载了祭公谋父献诗讽谏周穆王的另一个故事:

> 左史倚相趋过,王曰:"是良史也,子善视之!是能读《三坟》《五典》《八索》《九丘》。"对曰:"臣尝问焉,昔穆王欲肆其心,周行天下,将皆必有车辙马迹焉。祭公谋父作《祈招》之诗以止王心,王是以获没于祇宫。臣问其诗而不知也。若问远焉,其焉能知之?"王曰:"子能乎?"对曰:"能。其诗曰:'祈招之愔愔,式昭德音。思我王度,式如玉,式如金。形民之力,而无醉饱之心。'"王揖而入,馈不食,寝不寐,数日,不能自克,以及于难。

这一段答问发生的背景,是之前楚灵王想要问鼎周室,向右尹子革询问周王朝以及众诸侯能否答应他的要求。子革从被楚灵王称赞为良史的左史倚相不知道《祈招》之诗说起,指出祭公谋父作《祈招》一诗的目的是劝阻周穆王周游天下,周穆王因此得以寿终正寝。子革借《祈招》之诗来劝谏楚灵王放弃问鼎周室、图霸中原的打算。但是,楚灵王在听了子革的谏言之后,废寝忘食地思量了好几天,始终未能战胜自己的野心,最终在众叛亲离的孤独与绝望中自缢而死。

祭公谋父作的《祈招》，大概是史籍明确记载的时代最早的讽谏诗。在这里需要特别指出的是，在西周时代，"诗"和"歌"是界限分明的两类作品。这里所说的"诗"，与后世作为文体之一的"诗"不同，它特指规正人的行为的讽谏之辞，与以颂赞为内容的《雅》《颂》之"歌"具有本质上的区别。穆王时代典礼仪式的配乐表现出了颂赞之辞一统天下的特点，讽谏诗固然发挥着尽规、补察的作用，但并未被纳入仪式，成为典礼仪式的内容之一，因此也就没有能够被编入收录仪式乐歌的文本中保存下来。在西周初期的乐歌中常见的"自警"之心，以及以《大雅·文王》为代表的仪式陈诫传统因此中断。整个穆王时代，除了《祈招》这一首"诗"因为偶然的原因被记录下来之外，穆王复宁之后出现的仪式乐歌中，除了"既醉以酒，既饱以德；君子万年，介尔景福"（《大雅·既醉》）、"尔酒既清，尔肴既馨；公尸燕饮，福禄来成"（《大雅·凫鹥》）这一类安享天下安宁的太平守成之歌外，缺少了具有警示陈诫意味的内容。

就周王室的历史而言，虽然从周康王末年，就已经出现了四夷叛乱的苗头，到周穆王时代西征犬戎导致荒服者不至，则是周王朝由盛转衰的分水岭。周公、成王以来天下安宁的状况被打破。戎狄各部由荒服于周王室的臣服者，变成了给边境带来种种不宁的入侵者。这种情况到周穆王的孙子周懿王时变得更加严重，《汉书·匈奴传》说："至穆王之孙懿王时，王室遂衰，戎狄交侵，暴虐中国。"到周厉王时期，戎狄交侵、四方不宁的情况更趋严重。为了镇压叛乱的诸侯，周厉王采取了极端的高压政策，一方面使用武力，以"勿遗寿幼"（《禹鼎》）的酷戾来镇压叛乱的诸侯，另一方面，通过使卫巫监谤的办法来"防民之口"。于是，尽管武力镇压取得了一定的成效，当时僭越称王的楚国熊渠因为害怕周厉王伐楚自动去掉了自己和三个儿子的王号，但是"防民之口甚于防川"，国人在经历"莫敢言，道路以目"的沉默之后，发生了"国人暴动"，周厉王被赶出京城，流放于彘。

结合国人暴动时召穆公说自己曾经多次向厉王进谏，但厉王都没有听从，所以才导致灾难发生的言语来看，虽然从西周中期的周穆王时代开始，仪式乐歌应该具有的陈诚功能没有能够在仪式典礼活动中得到反映，但"在列者献诗"的进谏渠道仍然是有效的。祭公谋父的"作《祈招》之诗以止王心"，召穆公的"昔吾骤谏王"，说明即使在颂圣之辞一统天下的穆王时代，即使在国人莫敢言的厉王时代，周王朝讽谏制度下公卿至于列士献诗以谏王的机制仍在运行。因此《大雅》中才会出现感叹民众劳苦的《民劳》，才会有苦口婆心劝人听从自己的建议的《抑》。《诗经》中被后人称为"厉王变大雅"的《民劳》《板》《荡》《抑》和《桑柔》等诗，就是以召穆公、凡伯、芮良夫等为代表的公卿列士所献之诗。但是，周厉王听不进公卿列士的谏言，被压制的民怨终于以国人暴动的极端方式爆发出来。厉王被逐出京城，死于彘。藏匿于召穆公家的太子静，也遭国人围困，最后召穆公让自己的儿子代替太子，才换来了太子静的平安。周厉王不从谏言反而使卫巫弭谤的行为，给周王室带来的灾难是沉重的。因此，周宣王继位之后，在召穆公等人的辅佐下，制定了效法先王、以武兴国的政策。一系列征伐战争的胜利，为重修礼乐、恢复周制的宣王中兴奠定了社会基础。

宣王中兴时期重修礼乐的活动，对中国文学最大的贡献，是在为仪式配乐创作歌辞的同时，还通过"诗入仪式"的方式，保留了一大批并非为仪式而创作的诗歌。这一批诗歌的集结，有的是因为仪式配乐，比如《小雅》中的《采薇》《四牡》《皇皇者华》等。《采薇》诗说："采薇采薇，薇亦柔止。曰归曰归，心亦忧止。忧心烈烈，载饥载渴。我戍未定，靡使归聘。"从内容来看，应该是一首出征的士兵在艰苦的征途上思念家乡、亲人，期盼早日还家的诗歌，被采集配乐之后，成为"遣戍役"的仪式上使用的乐歌。《四牡》诗说："翩翩者雏，载飞载止，集于苞杞。王事靡盬，不遑将母。驾彼四骆，载骤骎骎。岂不怀归？是用作歌，将母来谂。"从内容来看，这应该是一首使臣出使途中怀念父母的诗，在配入仪式之后，成为犒劳使臣归来的仪式上演唱的乐歌。这两首作品本来都和仪式没有关系，后来因为仪式配乐的需要被纳入仪式，才变成仪式乐歌的。

除了这种配乐目的的"诗入仪式"之外，还有一种"诗入仪式"，不是为了仪式配乐，而是为了讽谏君王。如前所言，周人从立国之初就建立了系统完整的讽谏制度，周穆王听从祭公谋父的劝谏得以寿终，与厉王不从谏言终致国乱身死的教训，使经历灾难的召穆公等人更加深刻地认识到了纳谏的重要性。因此，从制度上保证谏路畅通具有了现实的必要性。因此，在重修礼乐、恢复周制的文化重建中，召穆公等人远承西周初年仪式乐歌所具有的陈诫功能，改变自成康以来陈诫讽谏之诗不入仪式的传统，把他们创作的讽谏周厉王的《民劳》《板》《荡》《桑柔》等诗配入仪式，让讽谏君王成为仪式活动的重要程式，讽刺诗由此堂而皇之地成为仪式乐歌的内容之一。《周礼·春官》记载乐官瞽蒙的职责时，其中一项就是"讽诵诗"。所谓"讽诵诗"，就是唱诵具有讽刺意义的诗来纠正君王的过错。与专门的庙堂制作相比，《采薇》《四牡》等所代表的"诗入仪式"，让仪式乐歌的歌辞中出现了许多此前从来没有过的思怨内容。而仪式讽谏的加入，更进一步强化了仪式乐歌讽谏怨刺的意味与功能。所以，从这个时期开始，仪式歌唱中颂圣之辞一统天下的局面开始发生改变。讽刺之诗开始成为仪式乐歌的重要内容。

从创作方式而言，公卿列士的献诗以谏，大多采用的是直言其事的"赋"之法。如《大雅·民劳》说："民亦劳止，汔可小安。惠此中国，国无有残。无纵诡随，以谨缱绻。式遏寇虐，无俾正反。王欲玉女，是用大谏。"直截了当地陈述民生之艰难与政治之残败，表达想要纠正昏败行径的进谏之意。再比如《小雅·节南山》说："昊天不平，我王不宁。不惩其心，覆怨其正。家父作诵，以究王讻。式讹尔心，以畜万邦。"也是直截了当地陈述导致王朝不宁的乱政，以及作这首诗想要追究祸乱根源，以达到感动王心、造福天下的进谏本意。

除了叙述政教善恶的"赋"法之外，周人的讽谏传统中还有一种不着痕迹、委婉曲折的"风"之法。这就是《毛诗序》所说的"主文而谲谏，言之者无罪，闻之者足以戒，故曰风"，即借助于音乐的形式委婉地表达讽刺之意，唱歌的人没有罪责，听到的人引以为戒，这就叫"风"。为什么要把这样的方式称为"风"呢？这与"风"字意义的演变密切关联。

"风"字从其产生时起，就与土气、音律具有密不可分的关联，《庄子·齐物论》就说："大块噫气，其名为风。是唯无作，作则万窍怒呺。"大地吐出的气，就是"风"；风声大作时，就是千万个地窍发出的号叫。而最早的音乐，就是对风声的模仿。《吕氏春秋·古乐篇》就记载了这样的传说：在颛顼为帝时，正风大行于天地之间，颛顼喜欢正风的谐和之音，于是命令飞龙模仿八风之音作成了《承云》之乐；帝尧继位后，又命令质作乐，质于是模仿山林溪谷之音作成了歌。这里飞龙所模仿的八风之音和质所仿效的山林溪谷之音，也就是《齐物论》所称"地籁"与"天籁"。而大地吐气时的"万窍怒呺"，则直接启发了吹管类乐器的制作。也是在《吕氏春秋·古乐篇》记载了黄帝命令伶伦制作律管的故事，伶伦到大夏之西阮隃之阴，从嶰溪之谷找到了孔窍厚度均匀的竹子，作成了长三寸九分的律管，作为黄钟之宫。

《吕氏春秋》中的这些记载说明，在早期的文化观念当中，风声与音乐有着天然而密切的联动关系：风为土气，土气发动，鼓动土物之孔窍而作声，先民仿效八风之音、山林溪谷之声而作乐。从这个意义上说，风声便是音乐。"风"与"音"的密切关联，使"风"自然而然具有了指代音声曲调的含义。《诗经·大雅·崧高》"其诗孔硕，其风肆好"的"风"，《左传·成公九年》"乐操土风，不忘旧也"的"风"，以及《左传·襄公十八年》"吾骤歌北风，又歌南风"的"风"，都是指音声曲调而言的。

音乐既然是依风而制，那么风土各异，必然导致曲声有别。反过来，曲声之别，也相应地反映着不同的风土人情。因此，广采诗谣以观民风也就有了足够的理由。《大戴礼记·小辨》中引述孔子的"循弦以观于乐，足以辨风矣"，说的正是根据音乐来体察风俗民情的道理。

在"风"因与音声曲调的天然关联而形成"观乐知风"的为政理论时，也衍生出了放逸、流散之义。当具有放逸、流散之义的"风"与"言""听""议""化""刺"等词结合在一起，作为这些词语的修饰语出现时，"风"就成为"言""听""议""化""刺"的一种特殊状态。这种状态，就是郑玄在笺注《毛诗序》"上以风化下，下以风刺上"时所说的"不斥言"，即不明言，没有明确的指斥对象。"风"之"不斥言"，涵盖了没有明确来源、没有具体内容、不针对特定对象等等宽泛而不确定的状态。对于这种状态的性质与特点，何楷在《诗经世本古义》附录的《论十五国风》中总结为这样四句话："托物而不着于物，指事而不滞于事，义虽寓于音律之间，意尝超于言辞之表。"这就是说，"风"是一种托物言事又无法指实的方式，它需要借助于音乐和歌辞来表义，但表达出来时又常常是意在言外。既然是托物而不着于物，因此，其发生影响的机制也总是在人们不知不觉的过程中完成，这就是古人所说的"风之化物，其神不测"。因其"不测"，所以社会上各种具有不明确特征的言语、行为，可感而不可视的社会状态、政教方式，都被冠上了"风"名。这一类名词，除前述"风言""风议""风听"之外，"风俗""风教""风范""风尚"等等，莫不因此而来。当然，这其中也包含着首见于《毛诗序》的"风化"与"风刺"："上以风化下，下以风刺上，主文而谲谏，言之者无罪，闻之者足以戒，故曰风。"实际上，就这段话而言，"风化"与"风刺"都不成词，它们只是连属成句而已，只是郑玄在笺注这段文字时把它们并列，说"风化"和"风刺"，都是指使用譬喻而不直接指出的方式，于是演而成词。虽然这两个词语出现的时代相对较晚，但"以风化下"与"以风刺上"的思想与行为，却可以追溯至更早的时代。

《尚书·说命》有"四海之内，咸仰朕德，时乃风"的说法，这里的"风"，就是指风教。另外，《尚书·君陈》中又有"尔惟风，下民惟草"的说法。对于"风"和"草"的关系，《论语·颜渊》记载了孔子的解释，他用"风"和"草"来比喻君子之德和小人之德，他说君子的德像风，小人的德像草，草遭遇到风，一定会倾倒。之后孟子又对此做了引申与强调。孔子和孟子都强调"草上之风，必偃"，说的就是政教德行方面"以风化下"的问题。前引《说命》与《君陈》两篇都属于古文《尚书》，文字的真伪存有很大的争议，但由孔子、孟子的阐述来看，"风化""风教"的思想意识，的确应该是在更早的时期就被施行于政治教化之中了。

　　"风刺"的思想，从《国语·周语上》召穆公的谏言中可寻出端倪。在召穆公所说的进谏方式中，"庶人传语"类同于《晋语六》范文子所说"风听胪言于市"。从听政者的角度而言为"风听"，从言说者的角度而言，便是"风言""风语"，也就是《周语上》所说的"传语"。根据史籍的记载来看，"庶人传语"大多都通过歌曲谣谚的方式完成，这就与"瞽献曲"之间具有了某种相通性。从某种意义上说，"庶人传语"与"瞽献曲"都不是直陈政事，前者通过对世俗民情的诉说委婉曲折地反映君德政情，后者则借助于音声与风土之俗的密切关联反映社情民意。这两种方式的最大特点，就是《毛诗序》所说的"主文而谲谏，言之者无罪，闻之者足以戒"，即"下以风刺上"的"风刺"。当音乐形态的"风言""风语"被王朝乐官掌握时，善于审音知政的乐官便可从中解读出君德政情的善恶。当这些音乐形态的"风言""风语"被纳入周王室的音乐体系中时，与音乐配合的歌辞也会被编入相应的乐歌文本当中，这些乐歌，就是最早的"风刺"之诗。既然"风刺"的特点是"不着痕迹、委婉曲折"的"主文而谲谏"，那么"风刺"之诗在内容上必然不会斥言朝政。因此，它们与王朝政治的关联，便只能通过"以一国之事系一人之本"的方式来实现。

　　那么，什么是"以一国之事系一人之本"？它实际上是以《诗序》为代表的、作为中国政教文学理论核心的美刺理论的实现方式。具体来说，以"声音之道与政通"的音乐理论为基础，在诗歌隶属于音乐的时代，诗歌的美与刺，是诗乐的采集者依据诗乐创作或采集时代执政者德行之高下以及当时社会的实际状况，对诗乐作品性质及意义做出的带有浓厚主观色彩的规定与评说。如果诗乐被创作或采集时代的在位之君不是一位有德行的君主，那么这一时代的作品，无论其本身的内容是什么，都会因这"一人"

的无德而被纳入"怨"或"刺"的行列。这种做法的一个直接后果，就是导致了用诗之义与歌辞本义的疏离。例如《邶风》中有一首《匏有苦叶》，全诗内容没有一处显示与卫宣公有关涉，但《诗序》却说："《匏有苦叶》，刺卫宣公也。"《诗序》所说的刺意，都只是因为这首诗是卫宣公时代的作品，这就是"以一国之事系一人之本"。这种情况，除了大量出现于《国风》当中之外，在《小雅》当中也大量存在，最鲜明的一个例子就是《小雅》中的《鸳鸯》。《鸳鸯》以鸳鸯起兴，写到与婚礼亲迎密切关联的摧秣乘马，反复出现于诗中的，也是祝颂意味十足的"君子万年，福禄宜之""君子万年，福禄艾之"，可是就是这样一首赞美之意十分明确的赞歌，因为周幽王的昏庸无德，也被《诗序》戴上了刺诗的帽子："《鸳鸯》，刺幽王也。""风刺"既然是以委婉曲折的方式表达对朝政的意见，那么诗歌的"刺义"就不会直陈于诗辞之中，而必须凭借解释者的"发现"或者"赋予"。所以，基于周代礼乐制度这个特定历史情境与文化背景解说诗义的《诗序》，在历史情境、文化观念发生改变之后，必然会表现出一些无法被后人理解的貌似牵强的妄说，废序派学者因此斥其为"妄生美刺"，实际上也是一件可以理解的事情。

作为一种言说方式，或者在《毛诗序》中也可以具体化为序诗方式的"风"，本来并非为《国风》所专有，这是《小雅》中也有很多指向性并不明确，或者说与礼乐、政治关联并不紧密的作品的原因。《毛诗序》把"言天下之事、形四方之风"的作品称之为"雅"，本身就是对《雅》中有"风"的肯定。只是由于后世学者对"风"的曲解，没有能够认识到"风"作为王朝政教体系下，与"赋"的直言其事相对应的委婉曲折的言说方式的本质，才使得存在于《小雅》当中的大量"风刺"之诗，成为"风体""雅体"

之辨中难以处理的问题。

总而言之，以"使工诵谏于朝，在列者献诗使勿兜"为基本方式的献诗制度，与"命太师陈诗以观民风"的采诗制度，分别以"赋"之法与"风"之法，在周代礼乐制度的框架内，在满足统治者"观风俗，知得失，自考正"（观览风俗民情，了解执政得失，自我省察纠正）的政治需要的同时，也为中国文学史贡献了一大批"直陈政教之善恶"的讽谏诗与"吟咏性情以讽其上"的"风刺"诗，奠定了中国文学政教色彩浓厚的文化基因，也从根本上决定了中国后世文学的基本走向。

第四节　歌诗奏乐　依礼而成——诗文本的历次结集

从《诗经》文本形成史的角度而言，周人重礼尚文的生活方式与典礼配乐的仪式需求，为早期诗文本的形成提供了必要的作品基础与编辑理由。周公成王时期的仪式乐歌，在周康王初年得到了整理与编辑，这就是今本《竹书纪年》所记载的周康王"三年定乐歌"。这里所说的"定乐歌"，包含着两个方面的涵义：一是编定康王之前产生的仪式乐歌，二是确定这些乐歌的仪式功能。编定乐歌的结果，是产生了周代文化史上第一个仪式乐歌文本；而确定乐歌的仪式功能，则导致了《诗序》的出现。《诗序》对乐歌仪式功能的说明与规定，从根本上规定了乐歌从属于礼乐的文化属性。

周公制礼作乐的功绩与意义历来为史家所盛道，但是，周礼并非全部出自周公之手，正如清人邵懿辰在《礼经通论》中所说，礼的制作本来就不是一时一世能完成的，必然要经过长期的实践和改造，才能逐渐走向完备，周礼的大体纲目次序，应该是周公创制的，之后在积累中逐渐增多，就不全是周公的成果了。在康王"三年定乐歌"之后，周代礼乐制度仍在继续发展中进一步完善，仪式乐歌也随着各种典礼仪式的成熟不断产生出来。到周穆王时，无论是祭祀制度、燕射制度、土地制度，还是礼器制度而言，都形成了有别于殷商文化的、真正属于周人礼制的特点。以具有显性形态的礼器制度而言，无论是从器形、器类，还是器物的组合来看，周代礼器制度的发展，都以周穆王时代为界分为前后两期。如郭宝钧在《商周铜器群综合研究》所指出的："至穆王时，周人的意识形态，已渐渐贯注到新制铜器中。故西周后期的铜器，即摆脱殷化的面貌，现出周人自己的风格。如殷人尚酒，周人禁酒，这酒器的长消即划出西周前后期的最大分野。"[1] 所以说，真正的"周礼"，应该是到穆王时代才走向成熟的。

　　所谓成熟，一般而言指对象具有了相对稳定的形态。当周人的某种礼乐活动以某种固定的形态被不断重复，这便意味着这种礼乐活动具有了稳定的形式。具有稳定形态的仪式就具有了示范性的意义，因而也就具有了被作为范式写定的意义。在礼乐的写定过程中，配礼而行、配乐而歌的歌辞，同时得到了编辑和整理。这是《诗经》当中保存了不少穆王时乐歌的根本原因。

　　穆王之后，周王室盛极而衰，出现了王室不宁、戎狄交侵的局面。周懿王死后，他的儿子未能顺承王位，而是他的弟弟周孝王登位。一直到周孝王死后，周懿王的儿子周夷王才在诸侯的支持下登上王位。按照礼制规定，诸侯朝见周天子的觐礼仪式上，周天子接见诸侯不用下堂。但是，"下堂而见诸侯，自夷王始"。这说明，从周夷王开始，周天子的威势已不如

---

[1]　郭宝钧《商周铜器群综合研究》，文物出版社 1981 年，第 62 页。

从前了。至夷王之子周厉王继位，周王室与诸侯国之间的关系发生了较大的变化。一方面，周厉王在抗击异族入侵方面取得了辉煌的胜利；另一方面，他也因为暴虐专利而民怨沸腾，并最终导致国人暴动，周厉王被赶出王都。厉王死后，宣王继位初年，在召穆公等人的辅佐下，以武兴国的方略取得成功，一系列征伐战争的胜利为重修礼乐奠定了基础，仪式乐歌的创作再一次兴盛。

这个时期的仪式乐歌，在继承前代，继续创作使用于祭祀、颂功、燕饮、赏赐等仪式上使用的颂赞类乐歌之外，出现了对后世发生重要影响的新变，即在早期的赞颂主题之外，开始出现了讽谏、怨刺的内容。比如在"燕兄弟"的仪式上使用的《小雅·常棣》中说到了"死丧之威，兄弟孔怀"，在"遣戍役"的仪式上使用的《小雅·采薇》则说到了"我心伤悲，莫知我哀"。这样一些"死丧""悲""哀"的内容，是以颂赞为特征的早期仪式乐歌中不曾出现的。这种现象的产生，既源于西周中后期失序混乱的社会现实给人们造成的苦难，也与仪式乐歌制作方式的改变具有密切的关联。

西周早期的仪式乐歌，多是为仪式而制作，因此乐歌的内容与所使用的仪式完全吻合，如在祭祀文王的仪式上歌唱赞美文王之德的《清庙》《维天之命》等，在祭祀太王的仪式上唱歌颂太王的《天作》。周代礼乐制度经历了一个由简而繁的发展过程，至周宣王重修礼乐时，各种典礼仪式都需要配乐之歌，"燕兄弟"需要，"燕群臣嘉宾"也需要；"劳还率（帅）"需要，"遣戍役"也需要。一时之间无法创作能够满足仪式需要的乐歌，于是，乐官们便取现成的作品配上音乐，用于仪式，这叫做"诗入仪式"。

为什么叫"诗入仪式"呢？我们现在总是"诗歌"连言，这个概念，在当代人的眼中，几乎等同于"诗"。但是，在西周时期，"诗"和"歌"却是性质不同，指向也截然不同的两个概念。其中"歌"总是与歌颂、赞

美相关联，如《史记》记载周人纪念他们的英雄祖先时，使用的语言就是
"民皆歌乐之"。与此同时，"曲合乐曰歌，徒歌曰谣"。只有乐器配合
伴奏的演唱才叫"歌"，没有器乐伴奏的清唱，被称为"谣"。与和乐性、
歌颂性密切关联的则是仪式性。因为只有那些进入仪式的，配合音乐颂赞
天地神灵护佑、歌唱祖先、时王功德的歌唱，才能被称为《雅》《颂》之歌。
因此，和乐性、仪式性以及早期仪式的颂赞趋向，决定了早期《雅》《颂》
之歌的颂赞性质。

　　而"诗"的创作，一直到西周中期以后才出现。据《汉书·匈奴传》
记载，到周穆王之孙懿王时，内忧外患频发，西周早期建立起来的社会秩
序被打破，面对戎狄交侵，暴虐中国的现状，"诗人始作"，歌唱"靡室
靡家，猃狁之故""岂不日戒，猃狁孔棘"的《小雅·采薇》，可能就出
现于这个时期。这首诗歌在忧伤的情感基调下抒发了浓浓的思归之情，"我
心伤悲，莫知我哀"，显然不是为仪式所创作。除此之外，面对朝政的混
乱，周王室的朝臣也忠实地履行讽谏的职责，献上了许多直陈朝政混乱的
箴谏之作。如《大雅·民劳》针对厉王的昏乱暴虐之政说："无纵诡随，
以谨惛怓。式遏寇虐，无俾民忧。"（不要放纵诡谲善变的人，以防止朝
政昏乱。遏制强暴虐夺之人，不要让百姓忧虑）《桑柔》针对国人暴动之
后无序的社会现实抒发感慨："乱生不夷，靡国不泯。民靡有黎，具祸以
烬。於乎有哀，国步斯频。"（祸乱丛生久不平息，没有哪个诸侯国不混乱；
百姓活着的人不多了，都因祸乱而化为灰烬；啊呀真让人悲哀，国家的命
运如此危急。）这一类作品，或者抒发个人的悲哀，或者直斥朝政与社会
的昏乱，弥漫着早期雅颂仪式赞歌中未曾出现过的悲哀与伤痛，这就是《汉
书·匈奴传》所说的"诗人始作"之"诗"。在"诗"刚刚出现时，"诗"
与"歌"属于性质完全不同的两类作品："歌"为注重形式、合于音乐的

颂赞之歌，"诗"为注重文辞、意在陈过的讽刺之诗。以讽刺为主旨的"诗"显然不符合周初以来以颂赞为基调仪式配乐之歌的需要，但是，周宣王时效法先祖、重修礼乐的行为，却为这一类作品提供了进入仪式，从而被编入仪式乐歌文本保存下来的机会，这就是前文已经提及的"诗入仪式"。

"诗入仪式"通过两种方式得以实现：一种是取出征将士或使臣于征途抒发个人情志的作品，披之弦管，成为仪式配乐之歌。这些作品，与专门为仪式配乐创作的《雅》《颂》之歌最显著的不同，就是歌辞中自然散发出来的富于个人情怀与感受的浓浓的感慨与哀伤，如"昔我往矣，杨柳依依。今我来思，雨雪霏霏。行道迟迟，载渴载饥。我心伤悲，莫知我哀"（《采薇》）、"四牡骈骈，周道倭迟。岂不怀归？王事靡盬，我心伤悲"（《四牡》）、"王事靡盬，我心伤悲。卉木萋止，女心悲止，征夫归止"（《杕杜》）。这些并非为仪式配乐而创作的诗歌，凭借着被用于仪式的途径，成为仪式之歌的组成部分。

除了满足仪式配乐需要的"诗入仪式"之外，还有一种满足仪式讽谏需要的"诗入仪式"。早在西周中期，祭公谋父就作过《祈招》之诗来进谏周穆王。到了西周后期，社会的混乱刺激了"诗"的发展，召穆公、凡伯、芮伯等人均曾陈诗以谏厉王。在周宣王效法先王、重修礼乐时，在西周初年就已发挥作用的仪式乐歌的陈戒功能再次得到重视，于是召穆公等人讽谏周厉王的《民劳》《板》《荡》《桑柔》等诗被用于仪式讽诵。借助于仪式讽诵，疾刺时弊、直陈朝政昏败的讽刺诗获得了被编入诗文本的通行证。这是《诗经》中的讽刺诗最早出现于厉王时代的根本原因。从这个意义上说，文学史，只是被记录、被保存的文学的历史。

在《诗经》学史上，对于《诗经》内容的划分还出现过"正"与"变"的二分。所谓"正"，就是指仪式配乐之歌，包括上述为配乐目的被纳入仪式的、并非为仪式专门创作的《四牡》《采薇》等。而所谓"变"，就是指由仪式讽诵的"诗入仪式"所开启的，出于政治美刺目的而编入诗文本的作品。《小雅·采薇》等诗与《大雅·民劳》等诗，虽然都是在宣王时代通过"诗入仪式"的方式进入诗文本的，但是，前者出于仪式配乐的目的，而后者则出于讽谏朝政的目的。目的不同决定了前者属于"正经"而后者属于"变雅"的不同属性。另一方面，"诗入仪式"带来了仪式乐歌内容与性质的改变，颂赞之辞一统天下的局面被打破，讽谏怨刺之辞登堂入室成为诗文本的重要内容。"歌"与"诗"同用于仪式的实际状况，反过来促进了"歌"与"诗"在观念上的合流。"歌"与"诗"的混用，逐渐模糊了"歌"与"诗"的界限，随着"诗言志"观念的产生，中国诗歌便步入了"正经与变同名曰诗"的时代。

　　从《诗经》文本形成史的角度来说，被称为《诗》的文本出现在周宣王之后另一位有机会重修礼乐、编辑诗文本的周平王时。周平王宜臼是经历了幽王败灭以及"周二王并立"的权力争夺之后才登上王位的。在幽王后期，被废黜太子之位的宜臼就在舅舅申侯的支持下自称"天王"，与幽王并立，由此引发了幽王征申、犬戎与缯人乘机攻灭宗周并杀死幽王的事情。幽王死后，当时执政的虢公翰立幽王的弟弟王子余臣为王，史称携王。平王与携王并立九年之后，一直在旁边观望的晋文侯选择支持平王，并帮助平王东迁洛邑，东周王朝由此开始。

　　经历了从宣王后期至"二王并立"的朝纲不振、政治昏暗、社会离乱之后，最终登上王位的周平王也免不了做一番功成作乐、治定制礼的事情。作为周代礼乐制度重要的组成部分，诗文本也必然在重修礼乐的过程中得到再一次编辑。这一次编辑，改变了以往以仪式乐歌为对象的编辑原则，从周宣王时代到周平王东迁前后产生的诗歌作品，无论是歌颂的，还是讽刺的，都在"美宣王"与"刺幽王"的名义下被大量地纳入到诗文本当中。脱离了仪式配乐的限制之后，因仪式讽诵而来的对于诗歌文辞的关注进一步强化，"诗"也因此成为诗文本的专名。从春秋前期开始在社会上流传、被春秋中期人尊为"德义之府"的《诗》，就是这一次编辑的结果。在《大雅》与《小雅》被合编为《诗》时，在周平王争夺王位及东迁过程中提供过帮助的诸侯国，也得到了周平王的回报与赏赐。其中的一个奖励，就是这些诸侯国的地方音乐，获得了被纳入周王室音乐机关的通行证，成为"周乐"的组成部分。于是，晋、卫、郑、秦等诸侯国的音乐作品和王畿洛邑地区的音乐作品，得以在"观风俗，知得失，自考正"的名义下被编辑和整理。只不过，这一时期诸侯国的音乐作品，很可能并未与被称为《诗》的《大雅》与《小雅》合编，而是和《颂》一道，单独以《邶诗》《鄘诗》《卫诗》《郑诗》的形式流传于世。

诸国《风》诗作品与《雅》《颂》的合集，应该发生在齐桓公称霸中原的时代。齐桓公称霸中原，是春秋时代的一件大事。周平王本来就是在获得诸侯的支持之后才从"二王并立"中胜出登上王位的，他在诸侯国中的威信，根本无法与西周时代的诸王相比。到平王末年，为取得郑庄公的信任，甚至发生了周郑交质的事件。平王死后，周桓王剥夺郑庄公王室卿士地位的行为，更是引发了郑庄公直接对抗周王室的繻葛之战。尽管这次战争最终以郑庄公节制地收兵自退，又连夜派祭仲慰劳周桓王及其左右而告终，但战争中"射王中肩"的事实却足以让周王室颜面扫地，从此威严不再。可以说，周郑关系的破裂直接开启了诸侯争霸的春秋时代。整个春秋史，可以视为周代礼乐制度被破坏、被践踏的历史。当时诸侯各国都发生争夺君位的宫廷内乱，整个社会上僭越礼制、破坏周礼的事情时有发生。但是，就是在这样一个周礼不被尊重的春秋前期，出现了具有雄才大略的齐桓公。针对王室微弱、戎狄交侵的现实，齐桓公在管仲的辅佐下，提出了"尊王攘夷"的政治策略。尊王室就意味着崇周礼。在历史上被津津乐道的齐桓公尊崇周礼的故事很多，其中最有名的，就是齐人帮助燕人驱逐山戎之后，燕庄公送齐桓公时入齐境。按周代礼制，诸侯相送不出境。为了不失礼于燕，齐桓公便把燕庄公所至齐国的土地划归燕国。其他诸侯听说这件事后，"皆从齐"，齐桓公的霸主地位由此确立。

在"春秋五霸"中，齐桓公是最杰出的一位，他对周王室的尊崇不只是求霸的手段，而是发自本心的身体力行。这一点在与晋文公的比较中可以看得更加清楚，所以《论语·宪问》中孔子评价这两位霸主时说："晋文公谲而不正，齐桓公正而不谲。"（晋文公诡诈而不正直，齐桓公正直而不诡诈）给予齐桓公以极高的评价。孔子又说："微管仲，吾其被发而左衽矣。"（若不是管仲，我将要被散着头发穿左衽的戎狄之服了）盛赞管仲在维护华夏文化传统上的功绩。作为霸主的齐桓公与管仲君臣尊崇王室、维护周礼的行为，有力地推动了春秋中期周礼的复兴。因此，到春秋中期，虽然周王室的实力不可逆转地衰弱了，但是，由于"尊王"之术得到倡行，周王室的政治地位反而比春秋初年更加煊赫起来。在齐桓公称霸中原的时代，社会上兴起了一股秉持周礼、依礼行事的风气。在当时及此后很长一段时期里，"礼"不但被视为立国、立身之本，而且成为外交场合十分重要的斗争工具。这一时期出现了许多对"礼"极具精义的评说，如鲁僖公二十七年（前633）赵衰说："《诗》《书》，义之府也；礼乐，德之则也；德义，利之本也。"僖公二十八年（前632）先轸云："定人之谓礼。"同年晋筮史亦用"礼以行义，信以守礼，刑以正邪"等言辞说服晋侯释放曹君。只有在重视礼乐的社会背景下，秉礼行事，据礼力争才有可能成为小国苟存于大国之间的有效途径。与此同时，被后人盛赞为"诗礼风流"的赋诗言志之风，也是在齐桓公时代开始兴起的。因此，在这样一个周礼再次受到尊奉的时代，在《诗》被奉为"德义之府"并深刻介入诸侯之间的政治往来，成为政治言说的工具和手段时，在前代所传文本的基础上，纳入当世的诗歌作品，为当时流行的聘问歌咏提供一个完备统一的文本，就具有了现实的需要。

从政治现实的角度而言，这是一个"礼乐征伐自诸侯出"的时代，"观风俗，知得失，自考正"的采诗观风制度，实际上变成了满足声色享乐的途径。"周乐"的标准被进一步放宽，与周王室关系较为密切的诸侯国的音乐，均被纳入"周乐"体系，成为"乡乐"的组成部分，相应的配乐之辞，也成为《诗》文本的内容。除此之外，此前以独立形式流传的《周颂》和《商颂》也在这时被纳入《诗》中。春秋中后期流行于世、被广泛赋引的《诗》，就是这个包含了绝大部分《国风》作品、全部二《雅》以及《周颂》《商颂》在内的、形成了相对稳定的"四始"结构的诗文本①。

---

① "四始"是战国时期出现的对于《诗经》结构的一种说法。最早见于《毛诗序》："是谓四始，诗之至也。"《史记·孔子世家》把"四始"解释为《风》《小雅》《大雅》《颂》的开始篇章："《关雎》之乱以为《风》始，《鹿鸣》为《小雅》始，《文王》为《大雅》始，《清庙》为《颂》始。"于是，这种以《关雎》《鹿鸣》《文王》《清庙》四诗为起始，把《诗》四分而形成的文本结构，就被称为"四始"。《诗》的"四始"结构，实际上与周代礼乐制度下四分的音乐结构完全对应：其中《国风》是各诸侯国进献的地方音乐，又被称为"乡乐"，被用为仪式的"合乐"之歌或"无算乐"；《小雅》则以工歌、间歌的方式在燕礼、乡饮酒礼等非重大仪式上使用；《大雅》的等级又高于《小雅》，是在大飨、两君相见等重大的典礼仪式上，以工歌、乐舞配合的方式表演的；《颂》的地位最高，它是天子专享的，用于郊祀天地、祭告先王等重大祭祀典礼的乐歌。《诗》的"四始"结构，典型地体现了《诗》的礼乐性质。

第五节　礼崩乐坏　斯文不坠——孔子删《诗》定本

　　周代礼乐制度的崩坏从西周后期就已经开始了，所以才有了周宣王、周平王的重修礼乐，才有了齐桓公尊王崇礼带来的周礼复兴。但是，这种破坏—修复—再破坏—再修复的循环，随着王室地位的逐步沦丧，最终也走到了尽头。春秋后期，周敬王在诸侯的帮助下终于回到王城，之后又向晋人提出城成周的要求，晋人的反应是："与其戍周，不如城之。天子实云，虽有后事，晋勿与知可也。"（《左传·昭公三十二年》）"虽有后事，晋勿与知可也"，就是以后即使周王有什么事情，晋国可以不用预先知道了。这个时候的周王，不但失夫了做霸主傀儡的价值，甚至成为晋人急欲用掉的包袱。到春秋末年，周王室沦为三等小国，和齐、晋等曾经的强国一起进入了"季世"。此后，尽管越王勾践灭吴之后，为了得到中原诸侯的认可，曾效法齐桓、晋文盛事而向周王室纳贡，但这件事对当时及后世都未产生多大的影响。与此形成鲜明对照且深刻影响历史进程的，是齐、鲁、晋、楚等国接连发生的公室内乱、政权下移、政出家门的巨变。这些变化，在昭示周代礼乐制度体系完全崩溃的同时，已悄然拉开了战国时代的序幕。

　　随着周王室的进一步沦落以及各国僭越违礼之事的频繁发生，春秋中期复兴的周礼不再具有维系社会秩序的力量。周礼一旦失去实际的效用，便不再受人重视，表现在政治文化方面，就是在春秋中后期盛极一时的赋诗言志之风，到春秋末年的鲁定公时代突然走向消歇。对于周代礼乐制度而言，春秋末年显然也是一个季世，而孔子就是一位生活在这个季世的文化巨人。

说到孔子与《诗经》的关系，在历史上有一个争议很大的问题，就是孔子究竟有没有删过《诗》？比较完备地记述孔子与《诗经》关系的文字，出现在《史记·孔子世家》中，司马迁是这么说的：

> 古者诗三千余篇，及至孔子，去其重，取可施于礼义，上采契、后稷，中述殷、周之盛，至幽、厉之缺。始于衽席，故曰：《关雎》之乱以为《风》始，《鹿鸣》为《小雅》始，《文王》为《大雅》始，《清庙》为《颂》始。三百五篇孔子皆弦歌之，以求合《韶》《武》《雅》《颂》之音。礼乐自此可得而述，以备王道，成六艺。

这段话的意思是说：古代的诗有三千多篇，到孔子时，他去除重复的篇目，选取符合礼义的部分，最早开始于商契、后稷时代，中间叙述殷商与周朝的兴盛，一直到周厉王、周幽王的衰落。从讲述夫妇之道开始，所以把杂声合乐的《关雎》作为《风》的第一篇，《鹿鸣》是《小雅》的第一篇，《文王》是《大雅》的第一篇，《清庙》是《颂》的第一篇。三百零五篇作品，孔子都用琴瑟配合而歌，求得和《韶》《武》《雅》《颂》等音乐相和。礼乐由此才能够被传述，用这种方式来完备王道、成就六艺。

这段话中虽然没有出现"删《诗》"二字，但人们普遍认为这就是对孔子删《诗》的最早记录。因此，后人对于孔子删《诗》说的否定，也从怀疑这一段文字的记载开始。唐代孔颖达在《毛诗正义·诗谱序疏》中，首先对司马迁"古者诗三千余篇"的说法提出了怀疑，认为此说"未可信也"。之后，否定孔子删《诗》逐渐成为主流。有学者曾经总结过否定孔子删《诗》的理由，除"古诗三千余篇"不可信之外，还有以下五条：（1）孔子仅说"正乐"，未说"删《诗》"；（2）孔子八岁时，吴国公子季札在鲁国观看的"周乐"，其名目次第已与今本《诗经》相去不远；（3）孔子无官无职，其影响不足以删《诗》；（4）孔子是圣人，如果他曾"删《诗》"，不应当保留"淫诗"；（5）《诗经》中属于西周盛世的作品数量很少，而幽、厉衰乱之世的作品大量存在，如果孔子删《诗》，不应该删其盛而存其衰。

　　否定孔子删《诗》说者的基本立场，是认定这里所说的"删《诗》"，就是删选诗篇，编辑成《诗》。实际上，这个立场本身就是有问题的。《诗》是周王室音乐机关仪式音乐的歌辞本，从西周早期到春秋时代，经过了多次的整理与修订，内容不断扩充才有了后世所能见到的规模。因此，对《诗》而言，孔子并非作为编辑者而是作为整理者发生影响的。换句话说，"孔子删《诗》"的意思，并不是说孔子从三千多首古诗中删选出三百多篇编成了《诗》，而是指孔子对当时流传于世的《诗》文本做过一定的整理与修订。孔子所做的是文献整理的工作，而不是文集编纂的工作。实际上，在司马迁的叙述中，"去其重"中已经包含了文献整理校除重复的内容。明了于此，再把孔子删《诗》的历史事件，放置在诗乐一体的周代礼乐体制背景下，放置在《诗》文本形成的历史过程当中，把它和春秋末年周代礼乐制度走向崩溃的历史事实，以及孔子复兴周礼的理想与责任关联起来，那么，上述所有否定孔子删《诗》的理由便都成了无根之论。

　　今天的人们说到孔子，都知道他是儒家学派的缔造者，都知道由他开创的儒家学说，在此后的两千多年里深刻地影响了中华民族的文化心理与性格，都知道他是个大教育家，"有教无类"的教育思想打破了阶级壁垒，让出身于鲁之鄙家的子张之流也有了出人头地的机会，因此他在当时就被尊为"仰之弥高，钻之弥坚"的"圣者"，被喻为不可损毁、逾越的"日月"。但是人们却并不十分了解孔子的儒学思想与周代礼乐文化之间的关系，不太了解为了恢复和传播周代礼乐文化，孔子付出了多大的努力。

《论语·子罕》记述了这样一件事情：孔子周游列国经过匡（今河南长垣县西南）时，因长得很像阳虎，被和阳虎有仇的匡人围困。面对让众弟子惊惧不已的危机场面，孔子说了这样一段话："文王既没，文不在兹乎？天之将丧斯文也，后死者不得与于斯文也；天之未丧斯文也，匡人其如予何？"相对于"文王既没"，孔子以"后死者"自居。这句话的意思是说，周文王死了以后，周代的礼乐文化不都在我身上吗？上天如果想要消灭这种文化，那我就不可能掌握这种文化；上天如果不消灭这种文化，那么，匡人又能把我怎么样呢？从这一段充满自信的言语中我们可以看到，孔子完全是以周文王的继承者自居的，而且，他自认为是周代文化唯一的继承者。因此，在礼崩乐坏的春秋末年，当执政者失去了恢复周道、重修礼乐的意识与能力时，以天下为己任的孔子，就主动承担起了恢复和弘扬礼乐文化的历史责任。

孔子恢复周道的努力可以以"自卫反鲁"为界划分为前后两期。前期的孔子积极奔走呼号，试图通过政治实践来恢复周道。他曾一度得意于鲁，鲁定公九年（前501）孔子被任命为中都宰，很快就升任为司空、大司寇，到鲁定公十四年（前496），孔子五十六岁时又由大司寇行摄相事。但是，鲁国重用孔子却引起了齐国的恐惧，所谓"鲁用孔丘，其势危齐"，于是就发生了齐人送鲁君女乐，季桓子受之而三日不听政的事情。孔子因此愤而去鲁，周游列国，希望可以寻找到贤明之君。但一晃十四年，他经历了畏于匡、厄于陈、困于蔡等一系列的危险，却最终没有找到可以实施文王、周公之政的贤君，请见了七十多位君主却没有人能任用他。到孔子六十八岁时，他的弟子冉求做了鲁国执政大臣季康子的家臣，在冉求的劝说与努力下，季康子终于派人从卫国迎接孔子归鲁。这时的孔子，"累累若丧家之狗"（《史记·孔子世家》），现实政治的状态让他不再对政治实践抱有希望。从卫国返回鲁国之后，鲁哀公和季康子虽多次问政于孔子，但是鲁国终究不能任用孔子，孔子也不再追求出仕为官。在政治理想破灭之后，孔子把恢复周道的努力寄托在了整理文献与聚徒讲学上。"吾自卫反鲁然后乐正，《雅》《颂》各得其所"（《论语·子罕》），说的就是孔子回到鲁国后，为了正乐而完成的让《雅》《颂》各得其所的整理《诗》文本的工作，也就是后人所说的"删《诗》"。

孔子对《诗》的整理，概括地说主要包括三个方面的工作，其一是增删诗篇，除了把创作于春秋中期的《鲁颂》纳入《诗》文本之外，孔子还补入了《秦风·黄鸟》《陈风·株林》《曹风·下泉》等十首春秋后期的诗作，增强了《国风》作品"观风俗，知得失，自考正"的政治功能与教化意味。

其二是调整乐次。今传《诗经》与《左传》所载季札观乐所歌文本次第不同，即源于孔子对其乐次的调整。如前文所言，在孔子之前，《诗》文本已经形成了以《关雎》《鹿鸣》《文王》《清庙》为"四始"的，把作品区分为《国风》《小雅》《大雅》《颂》四个部分的结构形式。孔子删《诗》时对乐次的调整，实际上只是在"四始"结构的既有框架中做局部的改动，列表示之如下：

旧本次序	周南	召南	邶	鄘	卫	王	郑	齐	豳
今本次序	周南	召南	邶	鄘	卫	王	郑	齐	—
旧本次序	秦	魏	唐	—	陈	桧	（曹）	—	
今本次序	—	魏	唐	秦	陈	桧	曹	豳	

　　具体来说，就是移动了《秦风》与《豳风》的位置，把原来与《齐风》次列、"专美周公"的《豳风》，调整至《国风》之末，接续《小雅》，以此表达尊周公的观念；又把原来居于《魏风》《唐风》之前的《秦风》挪至其后，藉此表达了亲同姓的思想。经过调整之后，《诗》各个部分的编排更加符合等级观念下"亲亲尊尊"的周代礼乐精神。

　　其三就是雅化语言。我们今天看到的《诗经》作品，之所以分属于不同的时代与地域，但整体上表现出了相对统一的语言风格，这与诗文本在编辑过程中对歌辞的雅化具有密不可分的关系。而这个雅言化的过程，实际上从诗文本第一次编辑就已经开始了。"子所雅言。《诗》《书》执礼，皆雅言也"（《论语·述而》），孔子对《诗》的雅化，实际上只是诗文本雅言化过程中一个重要的环节而已。

　　孔子保存和传播周代礼乐文化的历史责任感，让包括《诗》在内的周代王官之学变身为儒家的经典课本，"孔子以《诗》《书》礼乐教，弟子盖三千焉，身通六艺者七十有二人"（《史记·孔子世家》）。由于孔子的努力，在周代礼乐制度走向崩溃的春秋末期，伴随着周代礼乐制度的发展演变而逐步扩大、日渐定型的《诗》，得以在儒家学派内部代代传承，礼崩乐坏而斯文不坠。

　　孔子以"述而不作，信而好古"自居，经他之手得以传承后世的儒家"六经"，是照亮后世人心的文化之根。他被当时人敬为"日月"，尊为"圣人"，在后世被封为"至圣先师"，这实际上都是对其传承文化之功的褒扬与肯定。大哉！孔子！

第二章　思无邪——《诗经》的传承之路

孔子说："《诗三百》，一言以蔽之，曰：思无邪。""思无邪"出自《诗经·鲁颂·駉》，在后世多被理解为思虑纯正无邪。但就《诗》的本义而言，"无邪"与思虑纯正无关。在《駉》诗中，它是指郊野无边，形形色色的马往来其间，亦无边界。孔子取来概括《诗》之特征，应该也寓念着肯定《诗》之广大与无所不包的意义。这种无所不包，一方面指其内容上的富广，盛世之歌、衰世之刺、风俗善恶、草木虫鱼，《诗》被视为"百科全书"，"迩之事父，远之事君，多识于草木鸟兽之名"，就是在这个意义上说的。另一方面，《诗》之无所不包，还在于传承方式的多种多样。《墨子》曾以"诵《诗三百》，弦《诗三百》，歌《诗三百》，舞《诗三百》"，会导致君子没有时间听政、庶人没有时间做事为由，反对儒家所倡导的礼乐之制。这里所说的"诵""弦""歌""舞"，都曾是《诗》赖以传承的主要方式。

第一节　既是歌辞本也是乐语之教课本的《诗》

《诗》是伴随着周代礼乐制度的发展，经过多次的编辑最后才形成的。从"定乐歌"这个最初编辑的目的来看，它首先是周代乐官的歌辞本。因此，从西周初到春秋末，仪式乐歌一直附属于乐，是礼乐相须为用的周代礼乐制度的组成部分；周代的音乐机构及其乐官，则是传承和保存这个歌辞文本的主要力量。所以，孔子的祖先正考父在整理《商颂》时，才需要借助于周太师的力量，"校商之名《颂》十二篇于周太师"（《国语·鲁语下》）。这个时期《诗》的存在形态是礼乐化的，它主要通过乐官在仪式上的弦、歌、舞、诵而传承流播。可以说，附属于仪式的礼乐化属性，从本质上决定了《诗》在周代社会仪式性、礼乐性的存在状态与传承方式。也就是说，在周代礼乐制度维持运行的西周至春秋时代，职掌着"九德六诗之歌"，听从大师指挥的瞽矇，在各种仪式场合弦、歌、讽、诵，是《诗》在春秋末期之前最为典型的传承方式。

与此同时，《诗》又不仅作为乐官的歌辞本而存在。从康王"三年定乐歌"形成第一个仪式乐歌文本时起，这个歌辞本，就在仪式配乐的功能之外，承担起了更多的社会功能。其中最重要、影响也最深远的，就是被用为贵族子弟学校教育的课本。

周代贵族子弟所接受的与《诗》相关的教育，可以分为礼乐教育与德义教育两个方面。其中的礼乐教育，包括在属于小学课程的"六艺""六仪"之教中。"六艺"就是人们比较熟悉的礼、乐、射、御、书、数六种技艺，其中的"礼"和"乐"都与《诗》相关联。"六仪"则指六类适合于不同场合的仪态容止，具体来说，就是祭祀之容、宾客之容、朝廷之容、丧纪之容、军旅之容、车马之容。周礼规定人们在特定的场合要表现出特定的仪态容止，《论语·乡党》有一段记载孔子的文字，为我们了解"六仪"提供了最好的例证：

孔子于乡党，恂恂如也，似不能言者。其在宗庙朝廷，便便言，唯谨尔。朝，与下大夫言，侃侃如也；与上大夫言，訚訚如也。君在，踧踖如也，与与如也。君召使摈，色勃如也，足躩如也。揖所与立，左右手，衣前后，襜如也。趋进，翼如也。宾退，必复命曰："宾不顾矣。"入公门，鞠躬如也，如不容。立不中门，行不履阈。过位，色勃如也，足躩如也，其言似不足者。摄齐升堂，鞠躬如也，屏气似不息者。出，降一等，逞颜色，怡怡如也。没阶，趋进，翼如也。复其位，踧踖如也。执圭，鞠躬如也，如不胜。上如揖，下如授。勃如战色，足蹜蹜如有循。享礼，有容色。私觌，愉愉如也。

孔子在自己的家乡，温和恭敬，像是不会说话的样子；但在宗庙朝廷上很善言辞，只是说得非常恭谨。上朝时和下大夫说话，侃侃而谈，不卑不亢；和上大夫说话，和颜悦色而明辨是非；在国君面前，恭谨小心而又威仪合度。如此种种，详细地描述了孔子在不同的场合完全符合周礼要求的礼仪风范。这种进退有节、威仪合度的礼仪风范，便是通过从小就接受的"六艺""六仪"之教而获得的。"六艺"与"六仪"之教是实践性很强的教学项目，因此，在《周礼》与《仪礼》中，就有多处记载了国子与学士在大师或瞽蒙的带领下，参与祭祀等大型典礼活动的事情。这些仪式上由国子们参与、完成的歌舞活动，既是"六艺""六仪"教学过程所需要的实践性活动，同时也是国子们展示"六艺"与"六仪"之教的成果，为其成年后参与礼乐活动奠定了基础。

作为技术性很强的实践性科目，"六艺"与"六仪"之教，多由专业人员承担，比如《周礼·春官》说籥师"掌教国子舞羽吹籥"，《礼记·文王世子》说："春诵、夏弦，大师诏之。瞽宗秋学礼，执礼者诏之。冬读《书》，典书者诏之。"这里所说的"春诵夏弦"，就是诵《诗》唱《诗》的事情，都是由乐官之长大师负责的。

除了与礼乐相关联的技艺性内容外，把《诗》作为国子之教的科目，还有一项重要的内容就是取《诗》中德义来教导国子。国子上小学时，以学乐诵《诗》为主，先掌握《诗》的文辞，及入大学之后，接受"乐德""乐语"之教，领悟《诗》文的德义内涵。所谓"乐德"，指通过乐而表现出来的"中、和、祇、庸、孝、友"等六种品德。郑玄说："中，犹忠也。和，刚柔适也。祇，敬。庸，有常也。善父母曰孝，善兄弟曰友。"（《周礼注》）这实际上与师氏所教"三德"相类似，指乐中所蕴含的处世待人的德行与品质。而所谓"乐语"，《礼记·文王世子》说："登歌《清庙》，既歌而语，以成之也，言父子、君臣、长幼之道，合德音之致。"由此而言，"乐语"就是在典礼仪式的奏乐之后立足于乐歌之义，引申阐述父子、君臣、长幼之道的谈说。《国语·周语下》记载了一件单靖公与叔向"语说《昊天有成命》"的事情，之后叔向在与单靖公的老臣谈话时说起这件事情，有这样一段评论。叔向说：

> 且其语说《昊天有成命》，颂之盛德也。其诗曰："昊天有成命，二后受之，成王不敢康，夙夜基命宥密，于缉熙，亶厥心，肆其靖之。"是道成王之德也。成王能明文昭，能定武烈者也。夫道成命者而称昊天，翼其上也。二后受之，让于德也。成王不敢康，敬百姓也。夙夜，恭也。基，始也。命，信也。宥，宽也。

密，宁也。缉，明也。熙，广也。亶，厚也。肆，固也。靖，和也。其始也，翼上德让，而敬百姓；其中也，恭俭信宽，帅归于宁；其终也，广厚其心，以固和之。始于德让，中于信宽，终于固和，故曰成。单子俭敬让咨，以应成德，单若不兴，子孙必蕃，后世不忘。《诗》曰："其类维何？室家之壶。君子万年，永锡祚胤。"类也者，不忝前哲之谓也。

这段说辞，一直被认为是体现"乐语"之教的最为典型的事件。这是叔向对单靖公"语说《昊天有成命》"的意义做出的解释：首先肯定《昊天有成命》是一首颂赞成王之德的诗歌，然后立足于对具体诗句词义的解读，把"道成王之德"的说法落实到每一句诗上。最后，由成王之所以能被称为"成王"，联系到了语说此诗的单靖公之德，单靖公的"俭敬让咨"可与成王之德媲美，由此得出了"单若不兴，子孙必蕃，后世不忘"的结论。从族源关系来说，东周时的单姓，应是周成王少子的后裔，单靖公"语说《昊天有成命》"，在追美先祖功德的意义之外，也表达着效法先祖、不忝前哲的意味，所以叔向也对此做了确认。由此可知，所谓"乐语"，实际上就是立足于仪式乐歌的歌辞，对其中的历史内容及其现实意义做出的阐释。阐释的手段，就是《周礼》所记载的"兴、道、讽、诵、言、语"。按照郑玄的解释：兴，就是因物感兴，托物言事；道，就是通过引述古代的事情来规劝今天的朝政；讽是风刺，诵是念诵，言是提问，语是回答。这六种方式，既涉及"乐语"的内容（兴、道），也涉及"乐语"的方式（讽、诵、言、语）。

周代贵族子弟在大学阶段接受的"乐语"之教，关注的重心在于乐歌文辞的德义内容，这就使得仪式乐歌在仪式配乐的功能与用途之外，具有了朝着德义化方向发展的基础，从而强化了仪式乐歌对周人文化生活的影响力。在文献记载中，西周中期的穆王时代，祭公谋父就已经引用"周文公之《颂》"（即《周颂·时迈》）劝谏周穆王，让他放弃了周游天下的打算。在这个时期，祭公谋父对于"周文公之《颂》"的引用，与上古中国人喜欢征引先圣名言警句的征引习惯相关联。而随着"诗入仪式"的发生，仪式乐歌讽刺朝政的功能得到强化，乐歌文辞的德义内涵逐渐具有了超越仪式与音乐而存在并发挥影响的意义。于是，随着"诗言志"观念的建立，言志的《诗》和言事的《书》一道，成为春秋时代人们眼中的"义之府"。

第二节　"义之府也"唯《诗》《书》

西周时代两百多年的乐语之教，奠定了《诗》在周代贵族阶层心目中的权威属性。西周中期祭公谋父就引"周文公之《颂》"来陈述厚生保民、修文进德的道理以劝谏周穆王；西周后期周厉王时，芮良夫亦引用《周颂·思文》与《大雅·文王》中的诗句，说明广施恩赐始能成就周室的道理。到春秋初年，《诗》作为诸侯国贵族阶层言语引用的语料库，也出现在史籍的记载中。如《左传·桓公六年》记载了这样一件事情：郑国太子忽未婚，齐僖公希望把女儿嫁给他。当时齐国为东方大国，郑君担任着王朝卿士，就政治婚姻的效用而言，国力强大的齐国无疑是郑国理想的联姻对象。可是郑忽却出人意料地拒绝了，他说："人各有耦，齐大，非吾耦也。《诗》云：'自求多福。'在我而已，大国何为？"他认为齐国强大，不是自己选择婚姻对象的理由。尽管郑忽的拒婚导致他在之后的君位争夺中因无大国之助而被驱逐，但他拒婚时对"自求多福"的引用却换来了《左传》中君子"善自为谋"的称赞，由此可见对《诗》的引用在增强语言说服力方面的强大功效。自此之后，引《诗》以说理、证事成为春秋时人最为常见的一种语言方式。

除了引《诗》以说理、证事之外，春秋时代的外交聘问场合还有一种风靡一时的用《诗》之法，叫"赋诗言志"。即交往的双方不直接说出自己的想法，而是借助于《诗》，通过赋陈《诗》之一章或者全篇的方式，以一种委婉曲折的方式表达志意。《左传》记载的第一例赋诗言志，发生在郑庄公和他的母亲姜氏之间。郑庄公因为母亲偏爱小儿，以欲擒故纵之术先顺从母亲的请求，放任叔段壮大力量，在叔段准备以母亲为内应攻打郑都时，郑庄公出兵讨伐，叔段出奔。郑庄公置母亲于城颍，并发誓说："不及黄泉，无相见也。"但话说出口，郑庄公却后悔了。于是，颍考叔想出了掘地及泉让其母子相见的办法。隧道挖好之后，"公入而赋：'大隧之中，其乐也融融。'姜出而赋：'大隧之外，其乐也泄泄。'遂为母子如初。"这一次赋诗，所赋的内容并非出于《诗》，却开启了赋诗言志的先河。

《国语·晋语四》中出现了文献记载中时代最早的一次发生在外交场合的赋诗言志：

　　明日宴，秦伯赋《采菽》，子余使公子降拜。秦伯降辞。子余曰："君以天子之命服命重耳，重耳敢有安志，敢不降拜？"成拜，卒登，子余使公子赋《黍苗》。子余曰："重耳之仰君也，若黍苗之仰阴雨也。若君实庇荫膏泽之，使能成嘉谷，荐在宗庙，

君之力也。君若昭先君之荣，东行济河，整师以复强周室，重耳
之望也。重耳若获集德而归载，使主晋民，成封国，其何实不从。
君若恣志以用重耳，四方诸侯，其谁不惕惕以从命！"秦伯叹曰：
"是子将有焉，岂专在寡人乎！"秦伯赋《鸠飞》，公子赋《河
水》。秦伯赋《六月》，子余使公子降拜。秦伯降辞。子余曰："君
称所以佐天子匡王国者以命重耳，重耳敢有惰心，敢不从德？"

据《国语·晋语四》记载，晋文公重耳在外流亡十九年，最后一站到
达秦国。在秦穆公主持的接待宴会上，重耳在赵衰（即子余）的指导下，
通过恰当的登赋降拜，借助于《诗》之文，与秦穆公顺利地结成了战略同盟，
这不但为他返回晋国继承君位奠定了基础，也为赋诗言志风气的兴起起到
了推波助澜的作用。也许正是由于晋文公与秦穆公通过赋诗言志得以成功
结盟，才让"谲而不正"的晋文公及其群臣对《诗》有了非同一般的认识，
因而在晋国形成了崇尚《诗》《书》、爱好礼乐的风气。之后，在晋楚城
濮之战发生前兴师命将的关键时刻，赵衰推荐郤縠为元帅，他的理由就是
平素在与郤縠交往时听他说话，发现郤縠这个人表现出了爱好礼乐，崇尚
《诗》《书》的特点。

为什么爱好礼乐、崇尚《诗》《书》的人可以作三军的元帅呢？赵衰
紧跟着解释了原因："《诗》《书》，义之府也；礼、乐，德之则也；德、
义，利之本也。"《诗》《书》礼乐是道义德行的府库与准则，而道义与
德行，则是利益的本源。当时楚国围困宋国，宋求助于晋，晋国为了对抗
楚国才兴师命将，因此发生了之后的城濮之战。郤縠平素的言语中表现出
了喜好礼乐、重视《诗》《书》的态度，于是被赵衰推荐为元帅。从这里

反映出来的，是人们把德义视为利益之本的战争观。而这样的观念，只有在尊德尚义的社会中才能出现。至此我们不能不再次提及齐桓公与管仲君臣的贡献，正是在他们称霸中原时身体力行地尊崇王室、推行周礼，才在春秋中前期周王室衰微之际，兴起了一股尊德尚义、信奉周礼的风潮，作为"义之府""德之则"的《诗》《书》、礼、乐才会受到了格外的关注，外交聘问场合风靡一时的赋《诗》言志之风，即因此而来。

赋诗言志让诸侯国之间暗流涌动的外交聘问活动也表现出了温文尔雅的礼乐光辉。《左传·襄公二十七年》记载了一次晋国的赵武访问郑国时，郑简公在垂陇招待赵武时，赵武与郑国七子赋诗言志的盛况：

> 郑伯享赵孟于垂陇，子展、伯有、子西、子产、子大叔、二子石从。赵孟曰："七子从君，以宠武也。请皆赋，以卒君贶，武亦以观七子之志。"子展赋《草虫》。赵孟曰："善哉，民之主也！抑武也，不足以当之。"伯有赋《鹑之贲贲》。赵孟曰："床第之言不踰阈，况在野乎？非使人之所得闻也。"子西赋《黍苗》之四章。赵孟曰："寡君在，武何能焉？"子产赋《隰桑》。赵孟曰："武请受其卒章。"子大叔赋《野有蔓草》。赵孟曰："吾子之惠也。"印段赋《蟋蟀》。赵孟曰："善哉，保家之主也！吾有望矣。"公孙段赋《桑扈》。赵孟曰："'匪交匪敖'，福将焉往？若保是言也，欲辞福禄，得乎？"卒享，文子告叔向曰："伯有将为戮矣。诗以言志，志诬其上而公怨之，以为宾荣，其能久乎？幸而后亡。"叔向曰："然，已侈，所谓不及五稔者，夫子之谓矣。"文子曰："其余皆数世之主也。子展其后亡者也，

在上不忘降。印氏其次也，乐而不荒。乐以安民，不淫以使之，
后亡，不亦可乎！"

在这次宴享盛会上，跟随郑简公出席的七位大臣都应赵武的要求来赋
诗言志，赵武也借各位所赋之诗，准确地察知了七子的心意并对他们的将
来作出了准确的预测，其中伯有所赋的《鹑之贲贲》（今本《诗经》作《鹑
之奔奔》）中，有"人之无良，我以为君"等诗句，赵武因此判断"伯有
将为戮矣"，因为所赋之诗表达的就是心中之志，伯有妄言君上必然招致
郑君的不满。而其余六位所赋的《草虫》《隰桑》《野有蔓草》《蟋蟀》《桑
扈》等诗，或者表达既见君子的喜悦，或者表达心系国事的忧虑，因此在
赵武的眼里，他们都是可以让子孙数代都成为卿大夫的人。从赵武的分析
中，我们能够感受到被视为"义之府也"的《诗》所承载的文化责任。

在综合分析春秋时代赋诗言志活动发生的时间段落以及积极参与者的
身份信息之后，我们发现一个很有意思的现象：除了与周王室关系密切的
鲁、晋、郑等姬姓诸侯国之外，重视诗乐，并积极主动引《诗》、赋《诗》
的诸侯国君臣，除了秦穆公就是楚庄王。由秦穆公主导的赋诗、引诗，除
了宴享重耳的那一场之外，还有几次发生在秦穆公君臣对答之间。楚庄王
最有名的一次论《诗》，则发生在邲之战后。当楚臣潘党等提议立京观来
彰显其武功时，楚庄王围绕着周乐《武》的乐义，阐述了他对"武功"的
理解：

　　夫文，止戈为武。武王克商，作《颂》曰："载戢干戈，载
　　櫜弓矢。我求懿德，肆于时夏，允王保之。"又作《武》，其卒

章曰："耆定尔功。"其三曰："铺时绎思，我徂惟求定。"其

六曰："绥万邦，屡丰年。"夫《武》，禁暴、戢兵、保大、定功、

安民、和众、丰财者也，故使子孙无忘其章。今我使二国暴骨，

暴矣；观兵以威诸侯，兵不戢矣；暴而不戢，安能保大？犹有晋

在，焉得定功？所违民欲犹多，民何安焉？无德而强争诸侯，何

以和众？利人之几而安人之乱，以为己荣，何以丰财？武有七德，

我无一焉，何以示子孙？其为先君宫，告成事而已，武非吾功也。

楚庄王从《武》中领悟到了"禁暴、戢兵、保大、定功、安民、和众、丰财"的深义，凸显了《诗》作为"义之府"的意义。而以秦穆公、楚庄王为代表的暗含着求霸之心的赋诗、引诗行为，除了言志证事的实用功能之外，同时也透露出了崇尚《诗》《书》礼乐的意义。而在当时的文化背景下，崇《诗》《书》礼乐也就意味着对周礼的认同，对王室的尊崇。因此，在这一时期，作为"义之府"的《诗》，也承载着为周王室文化代言的作用。当周王室的政治影响力随着其实际地位的沦丧而减弱乃至于消失时，周王室礼乐文化的影响力也必然随之下降，"聘问歌咏"现象的消亡也就成为历史发展的必然结果。

赋诗与引诗作为春秋时代各放异彩的两种用《诗》方式，到春秋末年遭遇了完全不同的命运。当仍然依赖于仪式的赋诗言志之风随着周礼的崩溃迅速退出历史舞台之后，完全脱离仪式限制的引诗证事的风气却得到了持久的延续。战国之后，与《诗》在官府所遭遇的冷遇形成鲜明对照的是，《诗》在民间找到了最为广阔的传播空间。除了孔子以《诗》《书》礼乐教授弟子之外，墨家的创始人墨子也对《诗》《书》等先王之书持尊奉的

态度。但是随着儒墨两家的斗争愈演愈烈，早期为儒墨两家共同尊崇的《诗》《书》最终被墨家所摒弃，儒家成为传习《诗》《书》等先王之典唯一的忠实传人。

《诗》是孔门弟子的必读之书。孔子卒后，《诗》也随着众弟子的行迹而散播于四海。曾子、子思等大批弟子后学定居于鲁，鲁地长久地成为儒者的精神家园。除此之外，子张居陈、子夏居魏、澹台子羽居楚，都对《诗》的传播作出了重要的贡献。其中功勋卓著者尤推子夏。《论语·八佾》记载了一则子夏向孔子请教《诗》义的事情："子夏问曰：'巧笑倩兮，美目盼兮，素以为绚兮。何谓也？'子曰：'绘事后素。'曰：'礼后乎？'子曰：'起予者商也！始可与言《诗》已矣。'"子夏问孔子"巧笑倩兮"这一句话讲的是什么意思，孔子说了一句"彩色的装饰要画在白色的底子上"，子夏举一反三，又提出了礼是否应当后于仁的问题，孔子因此称赞子夏是能发明其意的人，表示可以开始和子夏讨论《诗》了。这个记载，说明了子夏对《诗》拥有非常深刻的领悟。孔子卒后，子夏被魏文侯尊为老师。在子夏的推动下，魏国公室上下兴起了好《诗》习《诗》的风气，这种"贵儒学"的风气随着魏国与韩、赵两国的密切交往而播散于三晋大地，并落地生根，与当地固有的尊奉周礼的传统相结合，就形成了三晋文化深厚的儒学根柢，最终成为汉代经学的重要来源。汉初毛公治《诗》出于河间，即"自谓子夏所传"。子夏之后，出于子思之门的孟子，从理论与实践两个方面，都对先秦诗学的发展作出了积极的贡献。一方面，他提出了"知人论世""以意逆志"的说诗方法，要求把诗歌放置在诗人的时代做正确恰当的解读；另一方面，他又继承春秋以来断章取义的用诗方法，以仁义说诗。孟子把解诗、用诗与仁义之道联系起来的说诗实践，进一步强化了《诗》的德义化、伦理化内容，把《诗》推上了经学化的发展方向。到战国末年，集众家之长于一身的荀子，在批评诸子学说的过程中，树立起了尊崇经典权威的自觉意识，把包括《诗》在内的儒家经典推上了至高无上的位置；另一方面，他又在"以古持今"的当世情怀中，把"礼"放置在统摄诸经的最高位置，《诗》《书》作为"礼"的附庸，成为宣扬忠信伦理等政教观念的手段，这就为汉代经学的产生奠定了基础。

在《诗》的经典化过程中，儒家弟子惯常使用的"《诗》云……此之谓也"的引证方式，对于强化《诗》的权威性发挥了非常重要的作用。

"《诗》云……此之谓也"的引诗方式，起源于春秋时代赋引风气下的引《诗》证事。《左传·闵公元年》狄人伐邢，管仲请齐桓公出兵求邢，他在论述豺狼不可纵、诸夏不可弃的道理之后说："《诗》云：'岂不怀归？畏此简书。'简书，同恶相恤之谓也。请救邢以从简书。"引用《诗》句是为了证实同恶相恤的道理。作为"义之府也"的《诗》，在这种引用中发挥了作为判断是非的衡量标准的作用。此后，作为判断标准的引《诗》模式继续发展，《左传·僖公九年》公孙枝在回答秦穆公"夷吾其定乎"（夷吾能安定晋国吗）的询问时，先发表观点"唯则定国"（只有言行合乎法则才能安定国家），然后说："《诗》曰：'不识不知，顺帝之则。'文王之谓也。又曰：'不僭不贼，鲜不为则。'无好无恶，不忌不克之谓也。今其言多忌克，难哉！"所引用的《诗》句中对"则"的突出与强调，以及夷吾言语表现出来的与"则"不合的妒忌刻薄，成为"难哉"这个判断的基本依据。《诗》充分地发挥了"义之府也"的作用。

这种以《诗》为判断标准的引用方式，在战国时代孔门弟子的《诗》学传承中，逐渐演变为与"子曰……此之谓也"并列的"《诗》云……此之谓也"的固定化模式，频繁出现在七十子后学所著的《礼记》当中。"此之谓也"的引《诗》方式，明确把《诗》当作进行判断与议论的衡量标准。作者所发表的议论，以"此之谓也"的格式得到《诗》句的佐证，便具有了不可驳辩的真理性。《诗》作为"义之府也"的权威性以及引用者对《诗》的尊崇，也都通过这样的引述方式得到进一步的肯定与加强。《诗》也在"此之谓也"的推崇与反复引用中，逐渐演变成为儒家经典——《诗经》。

第三节 "以三百五篇谏"

在经历了战国时期漫长的私家传授的历史之后，随着汉王朝的建立，以《诗》《书》为代表的先代王官之学开始受到统治者的注意和重视。《汉书·陆贾传》记载了这样一个故事：陆贾时常在汉高祖刘邦面前称引《诗》《书》，这引起了对《诗》《书》全然不感兴趣的刘邦的反感，于是刘邦骂他说："乃公居马上而得之，安事《诗》《书》！"陆贾毫不退让地回答说：能够从马上得天下，难道也可以在马上治天下吗？商汤、周武王都是以臣属的身份夺取天下，但他们都能顺理而守成，文武并用，这才是长久之道。过去吴王夫差、晋国智伯都因为滥用武力而灭亡，秦国因为专任刑法不知变通，才让嬴秦灭亡，假若秦在统一六国之后能够施行仁义，效法先圣，陛下又怎么可能夺得呢？陆贾的这一番话让汉高祖刘邦哑口无言，于是他吩咐陆贾撰文论述国家盛衰成败的道理，陆贾因此完成了《新语》十二篇，给刘邦展示了一个以仁义为本的儒家的精神世界，为儒学的兴起奠定了基础。

司马迁在记载西汉初年的文化建设时是这么说的:"汉兴,萧何次律令,韩信申军法,张苍为章程,叔孙通定礼仪,则文学彬彬稍进,《诗》《书》往往间出矣。"从这里可以看出,司马迁是把《诗》《书》的出现,与萧何编次法律制度,叔孙通制定礼仪等重大事情放在一起,作为汉代初年文化建设的标志来看待的。这里透露出一个信息:在汉王朝的文化建设过程中,《诗》《书》担负着非常重要的政治文化功能。担任过昌邑王老师的王式在昌邑王被废之后,面对治事使者"师何以无谏书"的责问,以"臣以三百五篇谏,是以亡谏书"作为回答。王式把《诗》当作谏书,典型地代表了汉人对《诗》之功能的认识。实际上,《诗》的"谏书"功能,从陆贾在刘邦面前时时称引《诗》《书》时起,就已经开始发挥作用并产生实实在在的影响了。

从《诗》的传承而言,《诗》传至汉代,发生重要影响的主要有申培所传《鲁诗》、辕固所传《齐诗》、韩婴所传《韩诗》以及毛亨、毛苌所传《毛诗》。与《齐诗》《鲁诗》《韩诗》相比,《毛诗》的影响,主要发生在东汉末年以后。在两汉时代发生影响的《诗》学派别,主要是齐、鲁、韩三家。从汉文帝时,申培、韩婴就因善《诗》而被立为博士,至汉景帝时辕固又因善《诗》被立为博士,但是,从整体上来说,文、景时期是一个休养生息的时代,申培等人之所以被置博士,仅仅因为他们博通古今,可以满足为皇帝答疑解惑的需要。正如《史记·儒林列传》所言:"孝文帝本好刑名之言,及至孝景,不任儒者,而窦太后又好黄老之术,故诸博士具官待问,未有进者。"具官待问的汉代早期的博士,完全不能与武帝元朔五年(前124)之后为博士官置弟子以及博士弟子员迁官制度建立之后的"专经"博士相媲美。《史记·儒林列传》记载了这样一个故事:汉武帝继位初，赵绾、王臧想立明堂制度来朝见诸侯，但他们能力不足以胜任，于是推荐了自己的老师申培。申培其时已经八十多岁，见到汉武帝时，汉武帝向他请教治乱之事，耿直的申公回答说："为治者不在多言，顾力行何如耳。"这个时候的汉武帝正对文章辞赋有浓厚的兴趣，申公几近打脸的行为让他顿时无话可说。从申公答疑解惑时完全不能领会圣意的事情来看，这一时期的传《诗》者，尚未参与到统治阶层的文化建设当中，也就是说，"通经致用"尚未成为他们习《诗》传《诗》的直接目的。之前在景帝时被立为博士的辕固，也表现出了耿直而不通世务的特点。当年他与宣扬黄老之术的黄生在汉景帝面前争论"汤武革命"问题时，面对黄生围绕"汤武非受命，乃弑也"的言论，脱口而出的"必若所云，是高帝代秦即天子之位，非邪"，直接就把对政权合法性的质疑引向了汉高祖刘邦。这个时候，宽容的汉景帝出来打圆场："食肉不食马肝，不为不知味；言学者无言汤武受命，不为愚。"汉景帝消解了这一场争论，从此之后，受命放杀的问题，也成为学术讨论的禁区。但是，这个经历并未让辕固有所改变，在面对窦太后的咨询时，他用一句"此是家人言耳"来评价《老子》，直接惹怒了喜好《老子》的窦太后。因为辕固直言无罪，窦太后无所归罪，于是给他一把剑，让他下到猪圈去杀猪。辕固一剑刺中猪心，猪应手倒地。太后无以复罪，只好作罢。辕固与申培的言行，都表现出了汉代早期传《诗》者疏离于政治中心的特质。在辕固的弟子公孙弘被征召时，辕固给他的戒勉之语是："公孙子，务正学以言，无曲学以阿世！"这句话可视为早期儒者的立身宣言。

这种儒者疏离于政治的情况在汉武帝元朔五年之后发生了巨大的变化。这一年，公孙弘上书请求为博士官置弟子获得许可，博士弟子员迁官制度随之建立，博士弟子可以通过课试制度直接入选为官，这就为儒生开辟了一条走上仕途的通道。如《汉书·儒林传赞》所言："自武帝立五经博士，开弟子员，设科射策，劝以官禄，讫于元始，百有余年，传业者寖盛，支叶蕃滋，一经说至百余万言，大师众至千余人，盖禄利之路然也。"利禄之途的打通，直接推动了经学的昌盛，也让很多利禄之儒走上了"曲学以阿世"的治经之路。《汉书·匡张孔马传赞》曾对此有精要的评述："自孝武兴学，公孙弘以儒相，其后蔡义、韦贤、玄成、匡衡、张禹、翟方进、孔光、平当、马宫及当子晏咸以儒宗居宰相位，服儒衣冠，传先王语，其酝藉可也，然皆持禄保位，被阿谀之讥。彼以古人之迹见绳，乌能胜其任乎！"为了"持禄保位，被阿谀之讥"，从这一句评语中，我们读出了匡衡等为代表的传《诗》者，积极迎合统治者的需要，附会阴阳五行以说《诗》的特征。区别于西汉早期见载于《史记》的"《关雎》之乱以为《风》始"的"四始"观念，他们提出了以"《大明》在亥，水始也；《四牡》在寅，木始也；《嘉鱼》在巳，火始也；《鸿雁》在申，金始也"为内容的完全与阴阳五行结合的新"四始"说。与此相关联，充满神秘色彩的"五际""六情"等诗学观念，都把《诗》的传承一步步推上了神学化的道路。这是一个方面。

另一方面，继承先秦的献诗讽谏传统，重新被纳入官学体系的《诗》，开始受到了统治者的重视。《史记·孝文本纪》载汉文帝十三年（前167）时，齐太仓令淳于公有罪被解至长安，其女缇萦随父至长安，上书汉文帝，请求入为官婢以赎父刑。汉文帝因此下令除肉刑，其诏书有云："故夫驯道不纯而愚民陷焉。《诗》曰：'恺悌君子，民之父母。'今人有过，教未施而刑加焉，或欲改行为善而道毋由也。朕甚怜之。"对《诗》的称引直接出现在文帝的诏书当中。所谓上有所好，下必甚焉。百官给皇帝的上书中，也必然出现了对《诗》的引用。与陆贾时时称《诗》《书》而被刘邦责骂不同，到汉文帝时得到皇帝引用的《诗》，更加方便而自然地承担起了"谏书"职责。在汉文帝时，贾山在上书文帝应当开言路、兴礼乐时，论述秦王朝罢退诽谤之人，杀害直谏之士导致天下已溃却没有人报告的严重后果时，就引《诗》为证："《诗》曰：'匪言不能，胡此畏忌，听言则对，谮言则退。'此之谓也。又曰：'济济多士，文王以宁。'天下未尝亡士也，然而文王独言以宁者何也？文王好仁则仁兴，得士而敬之则士用，用之有礼义。"此后，引《诗》以谏的例子便频频出现。而在所有的事例中，最具代表意义的就是前文已经提及的王式"以三百五篇谏"。《汉书·儒林传》载其事云：

> 王式字翁思，东平新桃人也。事免中徐公及许生。式为昌邑王师。昭帝崩，昌邑王嗣立，以行淫乱废，昌邑群臣皆下狱诛，唯中尉王吉、郎中令龚遂以数谏减死论。式系狱当死，治事使者责问曰："师何以亡谏书？"式对曰："臣以《诗》三百五篇朝夕授王，至于忠臣孝子之篇，未尝不为王反复诵之也；至于危亡失道之君，未尝不流涕为王深陈之也。臣以三百五篇谏，是以亡谏书。"使者以闻，亦得减死论，归家不教授。

文中的这位昌邑王，就是于2015年入选中国十大考古新发现的海昏侯墓的墓主。在汉昭帝死后，他曾被立为皇帝，但短短二十七天之后，就被霍光以"行淫乱"的罪名废黜。当时昌邑王的从属大臣中，只有中尉王吉和郎中令龚遂因为多次劝谏，有谏书为证得免死罪，其余的都被下狱诛死，担任昌邑王老师的王式也在系狱当死之列。面对有司作为老师为什么没有谏书的责问，王式回答说：我每天早晚都拿《诗》三百零五篇教授给昌邑王，遇到歌颂忠臣孝子的诗篇，我无不反反复复为王诵读。遇到讽谏危亡失道之君的诗篇，我无不流着眼泪给王深切陈述其中道理的。我这是以三百零五篇作为谏书，因此才没有别的谏书啊。当使者把这段话报告给霍光之后，王式也得免死罪。王式以"以三百五篇谏"作为自己没有谏书的理由，而且这个理由还得到了执政者霍光的认可。这充分说明，"以三百五篇谏"的通经致用，是汉人的通识。从这个意义上说，闻一多批评"汉人功利观念太深，把《三百篇》做了政治的课本"（《神话与诗·匡斋尺牍（六）》）是非常准确的。

就汉代经学的历史而言，虽然汉武帝时就确立了"罢黜百家，表章六经"的尊儒思想，但在政治的实践层面，长期执行的却是"外儒内法"的"霸道"与"王道"杂用的政策。这种"以霸王道杂之"的政策一直到汉宣帝时都在执行，因此柔仁好儒的汉元帝在做太子时，就曾以"持刑太深，宜用儒生"进言汉宣帝，令汉宣帝发出"乱我家者太子也"的感叹。实际上，坚持以霸王道杂用的汉宣帝，对于推动儒学兴盛也发挥过重要的作用。在公元前51年，即汉宣帝甘露三年，他召集儒生，召开了一次讲论五经异同的石渠阁会议。石渠阁会议之后，经学之士开始在朝堂上占据重要的位置，"罢黜百家，独尊儒术"的政治，开始在国家政权的组成人员上得到体现。之后汉元帝任用纯儒治国，更加稳固了儒学的位置。此后一直到东汉末年，在政权组成人员的构成上，儒学都享有独尊的地位。

但是，儒学独尊并不代表着每一家每一派的学说都能成为官学，都能得到重视。就《诗》而言，著名的汉代四家《诗》，唯有齐、鲁、韩三家被立为官学，传《毛诗》的毛苌仅被河间献王立为博士，一直未得到中央政权的认可。但是当齐、鲁、韩三家《诗》与政治结盟，成为官方意识形态的组成部分之后，通经致用的追求让它们越来越背离了学术求真、求善的精神，最终在与谶纬结合的神秘化道路上走向消亡。三家当中，与谶纬神学结合最为密切的《齐诗》亡佚最早，大约在东汉末年；之后大约至西晋时，《鲁诗》失传；唐代之后，《韩诗》仅存《韩诗外传》而已。

另一方面，就在三家《诗》随着今文经学的发展由极盛走向衰落并最终亡佚的同时，在汉代一直未能取得官学地位，仅在民间传承、坚守训诂本位的《毛诗》学，到东汉末年突然受到了诸位儒学大家如马融、郑玄的重视。曾经遍注群经的郑玄采三家《诗》说，以"通训诂，明大义"为目的，融合今古文之学笺注《毛诗》，著成《毛诗传笺》，又为《诗经》作品编次，著成《毛诗谱》，形成了贯通今古文经学的《毛诗》郑学。清人皮锡瑞在《经学历史》中评价郑玄的工作时说："盖以汉时经有数家，家有数说，学者莫知所从。郑君兼通今古文，沟合为一，于是经生皆从郑氏，不必更求他家。"这一段话，一方面指出了郑玄促成经学"小一统时代"出现的意义，另一方面也指出了经郑玄笺注，《毛诗》始大行于天下的事实。可以说《毛诗》的大行与三家《诗》的亡佚，是《诗》的传承过程中互为因果的两件事情。对此，王先谦在《诗三家义集疏·序例》中早已指出："魏晋以降，郑学盛行，读《郑笺》者必通《毛传》。其初，人以信三家者疑《毛》，继则以宗郑者暗毛，终且以从《毛》者屏三家，而三家亡矣。"

郑玄笺注《毛诗》之后，《郑笺》和《毛传》就成为《毛诗》不可分割的两个部分，后世学者论《诗》，多以毛郑并称。郑玄笺《诗》以《毛传》

为本，但其中仍有不少与毛传不合的解释。毛、郑诗学内容的异同，在魏晋时期曾经引起较大的争议。首先是王肃在著《毛诗注》的基础上，又作《毛诗义驳》《毛诗问难》等书攻击郑玄的观点，如皮锡瑞《经学历史·经学中衰时代》所言，王肃或以今文说驳郑之古文，或以古文说驳郑之今文，表现出了存心与郑立异的倾向，这引起了郑玄门人和郑学支持者的不满，因此发生了《诗经》学史上的"郑王之争"。《三国志·王基传》曾载及此事："散骑常侍王肃著诸经传解，及论定朝仪，改易郑玄旧说，而基据持玄义，常与抗衡。"对于在郑学大兴的汉魏之际，王肃之学何以能够兴起的问题，程苏东在《从六艺到十三经——以经目演变为中心》做了专门的分析。他说："郑学本身是相对独立的经学体系，郑玄并不以仕进为务，是其学更多以经书内部的训诂原意为基础，而较少考虑其学说与政治现实之间的呼应，难免在一些问题上显得迂阔。"① 这就为高度尊崇现实皇权的王肃之学的兴起留下了空间。因此，在曹魏后期，王肃之学在朝廷上已经取得了相当重要的地位。至司马氏掌握曹魏政权之后，与司马氏有姻亲关系的王肃的学说地位迅速得到了提升。此后西晋建立"十九博士"，郑、王之学进入全面对抗的状态并贯穿了整个魏晋南北朝的经学史。

这场郑、王之争一直持续到唐代初年。唐太宗贞观十二年（638），孔颖达受诏主持《五经正义》的编撰工作，依据《郑笺》撰作《毛诗正义》，"乃论归一定，无复歧途"，《毛诗正义》"以刘焯《毛诗义疏》、刘炫《毛诗述义》为稿本，故能融贯群言，包罗古义，终唐之世，人无异词"（《四库全书总目》）。"论归一定""人无异词"的《毛诗正义》编成之后颁

---

① 程苏东《从六艺到十三经：以经目演变为中心》，北京大学出版社 2018 年，第422 页。

行天下，成为唐代至宋初科举制度下明经取士的课本。《毛诗正义》的出现，对于平息魏晋以来郑、王之学的纷争，适应科举考试的政治需求发挥了积极的作用。

宋代之后，朱熹的学说占据了主流的地位，清代康熙之后，毛、郑之学再次受到尊崇，以《诗序》为基础建构起来的政教化说诗理论再一次成为《诗经》学的主流。一直到清王朝覆灭，随着经学时代的终结，以"三百五篇谏"的经学政治化说《诗》模式，才逐渐被文学性解读所取代。

第四节　怀疑思潮下的废《序》与存《序》之争

《五经正义》的编定平复了汉末以来围绕毛、郑诗学异同掀起的郑、王之争，在论归一定、人无异词的大趋势下，仅有少数人对个别问题持有异议。入宋以后，怀疑思潮逐渐波及经学领域。王应麟在《困学纪闻》卷八《经说》中，引用了陆游的一段话："唐及国初学者不敢议孔安国、郑康成，况圣人乎？自庆历后，诸儒发明经旨，非前人所及，然排《系辞》，毁《周礼》，疑《孟子》，讥《书》之《胤征》《顾命》，黜《诗》之《序》，不难于议经，况传注乎？"这里说到的"黜《诗》之《序》"，即指欧阳修作《诗本义》而引发的废《序》思潮。《四库全书总目·毛诗本义提要》对此也有总结："自唐以来说《诗》者莫敢议毛、郑，虽老师宿儒亦谨守《小序》。至宋而新义日增，旧说俱废。推原所始，实发于修。"

欧阳修在《诗本义·诗谱补亡后序》中，说明了他怀疑前人说经之义的理由："昔者圣人已没，六经之道几熄于战国而焚于秦。自汉以来，收拾亡逸、发明遗义而正其讹谬，得以粗备。传于今者，岂止一人之力哉。
后之学者因迹前世之所传而较其得失，或有之矣。若使徒抱焚余残脱之经，
侭侭于去圣人千百年后，不见先儒中间之说，而欲特立一家之学者，果有
能哉？吾未之信也。"欧阳修认为自圣人没后，经历了战国动乱及秦火之后，
后儒欲以焚余残脱之经而立一家之学，其说实不可信。因此，他想要据其
诗而求其本义。他认为诗义可分为四个层次：诗人之意、圣人之志、太师
之职、讲师之业，"求诗人之意，达圣人之志者，经师之本也；讲太师之职，
因其失传而妄自为之说者，经师之末也"（《诗本义·本末论》），追求
诗人之意、达致圣人之志，这是经师的本份。他所说的"诗本义"，就是
这"诗人之意""圣人之志"。因为不相信没有依据的妄自为说，欧阳修
并不相信《诗序》是子夏所作，但是，他在追寻诗本义的过程中，却又常
常以《序》为证。他没有认识到《诗序》只是周代礼乐休制下对于诗歌功
能的说明，并非对诗之本义的解释，更没有意识到"以一国之事系一人之
本"的序诗方式所导致的诗序与诗歌内容的疏离。因此，他在追求诗本义
时的以《序》为证，以及对部分《序》说的怀疑与修改，直接启发、鼓励
了之后学者如郑樵、朱熹等人对《诗序》的废弃。尽管如此，清代四库馆
臣在《毛诗本义提要》中，对欧阳修仍然多有回护。他们认为，王柏等人
的疑经、改经使《周南》《召南》都遭到删削窜改固然是十分错误的做法，
但人们仍然不应该因为疑经之事滥觞自欧阳修而归咎于他。但在事实上，
欧阳修的《诗本义》，确实为后世废序论者开启了废序立说的先河。

对于围绕《诗序》展开的争论，《四库全书总目·诗序提要》有过系
统的梳理：

　　以为《大序》子夏作,《小序》子夏、毛公合作者,郑玄《诗谱》也。
以为子夏所序《诗》即今《毛诗》者,王肃《家语注》也。以为
卫宏受学谢曼卿作《诗序》者,《后汉书·儒林传》也。以为子
夏所创,毛公及卫宏又加润益者,《隋书·经籍志》也。以为子
夏不序《诗》者,韩愈也。以为子夏惟裁初句,以下出于毛公者,
成伯玛也。以为诗人所自制者,王安石也。以《小序》为国史之
旧文,以《大序》为孔子作者,明道程子也。以首句即为孔子所
题者,王得臣也。以为《毛传》初行尚未有《序》,其后门人互
相传授,各记其师说者,曹粹中也。以为村野妄人所作,昌言排
击而不顾者,则倡之者郑樵、王质,和之者朱子也。然樵所作《诗
辨妄》一出,周孚即作《非郑樵诗辨妄》一卷,摘其四十二事攻
之。质所作《诗总闻》亦不甚行于世。朱子同时如吕祖谦、陈傅
良、叶适皆以同志之交,各持异议。黄震笃信朱学而所作《日钞》
亦申《序》说,马端临作《经籍考》于他书无所考辨,惟《诗序》
一事反复攻诘至数千言。自元明以至今日,越数百年,儒者尚各
分左右袒也,岂非说经之家第一争诟之端乎?

　　这里列举了关于《诗序》作者与时代问题的十一种说法。总体来说,
在唐代之前,尽管对于《诗序》作者的说法各有不同,但对《诗序》的内容,
基本上都采取信从的态度。但是从韩愈怀疑子夏作序之后,质疑之声渐起。
欧阳修《诗本义》虽"常以《序》为证",但他也是不信子夏作序的。因此,
他在探寻《诗本义》时对《诗序》的态度,相当于把《诗序》问题放在了
聚光灯下,成为宋儒需要认真思考和严肃对待的重要问题。因此,在欧阳

修之后，围绕《诗序》的争议日渐激烈。

程颐是《诗序》坚定的支持者，他在《程氏经说》中说："学《诗》而不求《序》，犹欲入室而不由户也。"在朱熹编的《二程遗书》中，也有如下语句："《诗大序》，孔子所为，其文似《系辞》，其义非子夏所能言也。《小序》国史所为，非后世所能知也。"程颐之后，郑樵是激烈攻《序》的急先锋，他的《诗辨妄》专门以《诗序》之"妄"为对象。但其书一出，同时代的周孚就作《非诗辨妄》加以反驳。周孚之外，范处义在《诗补传序》中，也对当世诸儒动不动就想废《序》以牵就己说的做法提出批评，并且把《诗补传》之撰作，定位为"以《序》为据，兼取诸家之长，揆之性情，参之物理，以平易求古诗人之意"。范处义并未明确针对郑樵，但他的话却也是有为而发。因此《四库全书总目·诗补传提要》中评价此书说："盖南宋之初，最攻《序》者郑樵，最尊《序》者，则处义矣。"

大概因为过于离经叛道，郑樵的《诗辨妄》在完成后不久，在受到周孚等人激烈的反驳之后，他的书也就失传了。但由郑樵掀起的废《序》思潮，却在富有怀疑精神的宋儒群体中，产生了不小的影响，朱熹就是其中的一位。《朱子语类》中曾数次提及郑樵《诗辨妄》，"向见郑渔仲（即郑樵）有《诗辨妄》，力诋《诗序》，其间言语太甚，以为皆是村野妄人所作。始亦疑之，后来子细看一两篇，因质之《史记》《国语》，然后知《诗序》之果不足信"（《朱子语类》卷八十）。正是在以郑樵、范处义为代表的废《序》与尊《序》两派激烈论争的背景下，朱熹也在与吕祖谦的往复讨论与驳辩中开始了他的《诗经》学研究。吕祖谦著有《吕氏家塾读诗记》，因《序》讲《诗》，而朱熹不信《诗序》。因此，在对待《诗序》的态度上，两人直接针锋相对。朱熹曾说吕祖谦"专信《序》，又不免牵合"（《朱子语类》卷八十），而吕祖谦在言及自己的诗说多采用朱熹《诗集传》时，也有这么一句："唯太不信《小序》一说，终思量未通也。"（《东莱别集》卷八）。黄震在《黄氏日抄》中曾述及郑樵对朱熹的影响以及朱、吕二人的分歧："晦庵先生（即朱熹）因郑公之说，尽去美刺，探求古始。其说颇惊俗，虽东莱（即吕祖谦）不能无疑焉。"实际上，朱熹对待《诗序》的态度，经历了一个由"疑"到"不信"的过程。在宋人朱鉴搜集朱熹论《诗》之语编成的《诗传遗说》中，有一段专门讨论《诗序》的话：

> 问："先生《诗集传》多不解《序》，何也？"曰："熹自二十岁时读《诗》，便觉《小序》无意义，及去了《小序》，只去玩味诗辞，却又觉得道理贯彻。当时初亦尝质问诸乡先生，皆云《序》不可废，而熹之疑终不能释。其后断然知《小序》之出于汉人所作，其为谬戾，有不可胜言。东莱不合只因《序》讲解，便有许多牵强处。熹尝与之言，终不肯信从。《读诗记》中虽多说《序》，然亦有说不行处，亦废之。熹因作《诗序辨说》，其他谬戾，则辨之颇详。"（《诗传遗说》卷二）

这一段文字非常明确地表达了朱熹对于《毛诗序》的基本态度，也讨论了他与吕祖谦的分歧以及写作《诗序辨说》的原因。正是因为认定《诗序》的不可信，所以朱熹提出了以"诗"言《诗》的解读方法，这就是先去了《小序》，只把《诗》的本文来熟读玩味。他还说："读《诗》正在于吟咏讽诵，观其委曲折旋之意，如吾自作此诗，自然足以感发善心。"（《朱子语类》

卷八十）他主张以"自作此诗"的态度，通过吟咏讽诵、熟读玩味来体会诗歌的意蕴，因为古人作诗与今人作诗一样，都是感于物而形于言的吟咏情性。这种舍弃《小序》、以"诗"言《诗》的态度，完全超越了自先秦以来把《诗》作为政教工具与手段的解读方式，被认为是《诗经》从经学向文学转变的关键环节。《四库全书总目·诗经传说汇纂提要》对此总结道：

> 《诗序》自古无异说，王肃、王基、孙毓、陈统争毛、郑之得失而已。其舍《序》言《诗》者，萌于欧阳修，成于郑樵，而定于朱子之《集传》。

《诗集传》成书之后，流传日广，影响日增。至元朝元仁宗皇庆年间，《诗集传》始与《毛诗注疏》一起被用为科举取士的《诗经》课本，到明朝永乐年间胡广奉敕修《诗经大全》，就以刘瑾《诗集传通释》为蓝本，于是，《诗集传》完全取代《毛诗注疏》，独立成为科举取士的课本，这也让它成为南宋以后在明清两代影响最大的《诗经》注本之一。

尽管朱熹明确宣称解《诗》必须先去了《小序》，但是在他的代表性著作《诗集传》中，却出现了大量遵从《序》说的做法。因此，清代独立思考派学者姚际恒在《诗经通论·诗经论旨》中，就批评《诗集传》说："其从《序》者十之五，又有外示不从而阴合之者，又有意实不然之而终不能出其范围者，十之二三。"因此，姚际恒做出了一个很有意思的结论："遵《序》者莫若《集传》。"今人俞平伯说得更尖锐："朱熹为攻击《小序》之祖师，但他实往往做《小序》的奴才。"① 这些批评道出了一个事实，

---

① 俞平伯《葺芷缭蘅室读诗札记》，载《古史辨（三）》，上海古籍出版社 1982 年，第 468 页。

就是在说解诗义的时候，以朱熹为代表的废《序》论者，虽然明确宣示不会遵从《诗序》，但他们的观点实际上未超出《诗序》的范围，经常表现出与《诗序》说法暗合的特点。也许正是由于这个原因，尽管标榜废《序》的《诗集传》一度成为科举取士的课本，但废《序》的做法一直未能成为学者共识，所以才有《四库全书总目》"自元明以至今日，越数百年，儒者尚各分左右祖也"的说法。

对于《毛诗序》的作者与时代问题，《四库全书总目》在分析众家的说法之后，给出了一个结论性的意见："参考诸说，定《序》首二语为毛苌以前经师所传，以下续申之词为毛苌以后弟子所附。"但是，这个结论并未平息围绕《毛诗序》的争议。至20世纪初，经学式微，古史辨派在倡导从文学角度研究《诗经》时，《诗序》成为首先要被扫除的对象。郑振铎曾说："在这种重重叠叠压盖在《诗经》上面的注疏的瓦砾里，《毛诗序》算是一堆最沉重，最难扫除，而又必须最先扫除的瓦砾。"（《古史辨三·读毛诗序》）在这个经学体系全面坍塌的时代，《毛诗序》再一次遭遇被全面否定的危机。张西堂在《诗经六论·关于毛诗序的一些问题》一文中，归纳《毛序》的"谬妄"有十：（1）杂取传记；（2）迭见重复；（3）随文生义；（4）附经为说；（5）曲解诗意；（6）不合情理；（7）妄生美刺；（8）自相矛盾；（9）附会书史；（10）误解传记。[1]

平面地看待《诗序》，上列种种"谬妄"的存在似乎不可否认。但是，废《序》论者的最大问题，在于他们被《诗序》首序、续序以及诗歌内容之间表面的矛盾所迷惑，从根本上忽略了《诗经》与周代礼乐制度的关系，因而也就不可能真正理解《诗序》承载的历史文化价值。从根本上说，《毛诗》

---

[1] 张西堂《诗经六论》，商务印书馆1957年，第133—138页。

首序是周代乐官记录仪式乐歌、讽谏之辞，以及那些为观风俗，正得失的政治目的采集于王朝的各地风诗时，对诗歌功能、目的及性质的简要说明。他们关注的是乐歌在典礼中的实际功能以及"主文而谲谏"时的政治指向。在《诗经》的经学性质被完全消解的今天，我们当然可以按照朱熹的倡导，把它看成纯粹的文学作品，只把诗歌的本文熟读玩味，体悟诗文之间无穷的意味。但另一方面，我们如果完全无视承载于其中的，曾经作为主要价值而发挥作用的礼乐文化的意义，就无法理解由《诗经》所奠基的礼乐文化的核心价值。唯明了于此，正视《诗经》的礼乐内涵及其政教功能，才能真正理解《诗经》之所以成为《诗经》的原因，才能真正理解《诗经》在中华民族文化史上的意义与价值。

第五节　"淫诗"问题及其转向

和《诗序》一样，"淫诗"也是在宋代成为一个突出的问题。无论与前代还是后世相比，以性理之学为思想基础的宋儒对于"淫诗"的指认与排斥，都是《诗经》学史上引人注目的大事。而与"淫诗"密切关联的，还有一个来自孔子的"郑声淫"的判断。

"郑声淫"最早见于《论语·卫灵公》篇。颜渊请教孔子治理国家的办法，孔子说了这样一句话：施行夏朝时的历法，乘坐殷朝时的车子，戴周朝时的礼帽，作乐就用《韶》和《武》，要舍弃郑国的音乐，要远离谄媚的人。远离谄媚的人容易理解，可为什么要舍弃郑国的音乐呢？孔子跟着给出了原因，因为"郑声淫"。人们在理解"郑声淫"的时候，往往举《诗经·郑风》中被后人视为"淫诗"的作品作为佐证。但实际上，"郑声淫"和"郑诗淫"是两回事，从"郑声淫"到"郑诗淫"，之间还经历了一个较为漫长的阐释过程。

先秦时人说到音乐之"淫"，多是指音乐形态上细密的特征。《左传·昭公元年》有这样一句话："先王之乐，所以节百事也。故有五节，迟速、本末以相及，中声以降，五降之后，不容弹矣。于是有烦手淫声，慆堙心耳，乃忘平和，君子弗听也。"这段话的意思是说：先王制作礼乐，是用来节制百事的。所以宫商角徵羽五声，有迟有速，有本有末，调和而得到的中和之声可依乐节而降，五次降调之后，就超出了中和之声的范围，不容再弹了。如果再弹，就是用繁复的手法弹奏出来的密集的杂声，纷乱淹没心志耳目，会让人忘记了平正和谐，所以有德的君子是不听的。这里所说的"五降之后，不容弹矣"，既是对琴弦上实际弹奏状况的描述，也说明了中正平和之音的变化范围。超出这个范围的，就是扰乱心耳的"烦手淫声"。这种音乐的特征就是旋律繁细婉转，即所谓"靡靡之音"。从乐与政通的观念来看，繁细婉转的音乐就意味着政教的细碎烦琐。因此，吴国公子季札在听到郑国的音乐时，给出的评价就是：郑国的音乐过于繁细，这反映出了郑国的政教法令细碎烦琐，到了民众无法承受的程度，这大概是郑国率先灭亡的征兆吧。

从先秦时人们使用"淫"字来界定音乐的实际用例可知，先秦时代的音乐之"淫"，是对不符合"中声"要求的过于密集繁细的音乐形态特征的评价。而且，就在孔子说"郑声淫"的时候，针对《诗经》的内容，他还说过这样一句话："《诗三百》，一言以蔽之，曰：思无邪。"把这一段话与"郑声淫"放在同样的文化环境中，就可以确定孔子所说的"郑声淫"，是无关《诗经·郑风》内容的音乐性评价。

在经学阐释的过程中，最早让《诗经》内容与"淫"发生关联的，是《毛诗》续序。如《郑风·溱洧》续序说："兵革不息，男女相弃，淫风大行，莫之能救焉。"《邶风·雄雉》续序说："（卫宣公）淫乱不恤国事，军旅数起，大夫久役，男女怨旷，国人患之，而作是诗。"再如《齐风·东方之日》续序也说："君臣失道，男女淫奔，不能以礼化也。"这些解释中出现的"淫风大行""淫乱不恤国事""男女淫奔"等社会现象，都是对首序中"刺乱""刺时"的具体化，是想要进一步明确诗歌赖以发生的文化背景及其所讽刺的对象。以这样的阐释方式为基础，《毛诗》续序建立起了一个"刺淫"的说诗传统。中间经过郑玄笺注《毛诗》，一直到唐代孔颖达作《毛诗正义》，对于相关诗歌的解释，都在"刺淫"的立场和方向上展开。如郑玄笺注《齐风·南山》时说："雄狐行求匹耦于南山之上，形貌绥绥然。兴者，喻襄公居人君之尊，而为淫泆之行，其威仪可耻恶如狐。"他说《南山》这首诗以淫兽雄狐比喻齐襄公，讽刺齐襄公与文姜乱伦的无耻行为。如孔颖达在疏解《齐风·东方之日》时说："作《东方之日》诗者，刺衰也。哀公君臣失道，至使男女淫奔，谓男女不待以礼配合。君臣皆失其道，不能以礼化之。是其时政之衰，故刺之也。""刺淫"的立场，保证了"思无邪"的观念在经学阐释中能够得到有效的贯彻与执行。

但是，需要注意的是，也正是在这样的经学阐释背景下，"郑声淫"之"淫"，逐渐被理解为"淫色之声"，且开始与《郑风》发生关联。《白虎通义·礼乐》篇追问孔子为什么要说"郑声淫"后，做出了这样一个解释："郑国土地民人山居谷浴，男女错杂，为郑声以相悦怿，故邪僻，声皆淫色之声也。"郑国的地形特征形成了男女错杂相处的生活方式，而郑声的主要功能是男女之间相互取悦，因此本身就是邪僻的。在这里，"郑声淫"被直接解释为"声皆淫色之声"。《白虎通义》是班固等人根据汉章帝建初四年（79）白虎观会议中经学辩论的结果撰集而成的。把"郑声淫"解释为"声皆淫色之声"的观点出现在《白虎通义》中，应该反映了当时占据主流的看法。这在许慎所作的《五经异义》中也有所反映："今论说郑国之为俗，有溱洧之水，男女聚会，讴歌相感，故云郑声淫。"许慎在这段话之后还罗列了《左传》中出现的"烦手淫声"，说了"郑声淫"的另一种解释，就是"言烦手踯躅之声，使淫过矣"，即从音乐形态的角度，指出"郑声淫"指郑国音乐过于细密、不符合中声正乐的音乐特点。但许慎并未采用这个来自于《左传》的观点，他最后的结论是："今《郑诗》二十篇，说妇人者十九，故郑声淫也。"之后郑玄作《驳五经异义》时引述了许慎的这段话，理应是要有所反驳的，但在现存的辑佚文本中，这段文字之后并没有出现郑玄的驳辞。无论许慎的说法是否得到郑玄的认可，他以"《郑诗》二十篇，说妇人者十九"补证"郑声淫"的做法，都让《郑风》在被认为是"淫诗"的方向上更进了一步。

前面说过，欧阳修对于《诗序》的态度开启了废序立说的先河。在"淫诗"的问题上，他也发挥导夫先路的作用。例如在解释《召南·野有死麕》时，他说"其卒章遂道其淫奔之状"；对于《邶风·静女》，他又说："此乃是述卫风俗男女淫奔之诗尔，以此求诗则本义得矣。"这样的阐释，一改"刺淫"的立场，使之前一直被视为"刺淫"的作品，瞬间变成了"淫奔之诗"。这样的解诗立场，在朱熹的《诗集传》中得到了继承。《诗集传》卷三论及"郑卫之乐皆为淫声"时说：

郑、卫之乐，皆为淫声。然以《诗》考之，卫诗三十有九，而淫奔之诗才四之一。郑诗二十有一，而淫奔之诗已不翅七之五。卫犹为男悦女之辞，而郑皆为女惑男之语。卫人犹多刺讥惩创之意，而郑人几于荡然无复羞愧悔悟之萌。是则郑声之淫，有甚于卫矣。故夫子论为邦，独以郑声为戒而不及卫，盖举重而言，固自有次第也。《诗》可以观，岂不信哉！

朱熹首先认定郑国、卫国的音乐是"淫声"，又以郑国、卫国的诗歌为对象，通过比较其中"淫奔之诗"的数量以及"淫"的程度，得出了郑国诗歌比卫国诗歌更淫的结论，又从举重言之的角度，解释了孔子为什么要单举郑声说"郑声淫"。虽然从北宋时疑经思潮就已开始涌动，但朱熹"淫诗"说的提出，仍然像一个深水炸弹，激起了巨大的风波。实际上，指出《诗经》中存在"淫诗"并不是一件困难的事情，真正的困难在于确认"淫诗"存在之后所带来的阐释的难题，即为什么经过圣人手定的经书中会有"淫诗"？《诗传遗说》记载了朱熹的看法：

夫善者可以感发得人之善心，恶者可以惩创得人之逸志，今使人读好底诗，固是知劝。若读不好底诗，便悚然戒惧，知得此心本不欲如此，其所以如此者，是此心之失，所以读诗者使人心无邪也，此是诗之功用如此。

从感发良善之心、惩创放逸之志的角度，朱熹提出"淫奔之诗"的教化意义，在于通过读诗，能够使人悚然戒惧，从而达到使人心无邪的教育目的。这也就是朱熹《诗集传》中所说"《诗》可以观，岂不信哉"之意。

朱熹通过废《序》尽去诗之美刺，又通过熟读玩味，把历来被视为"刺淫"的诗歌，变成了"淫奔者之辞"或"男女淫奔期会之诗"，最后，以"天理人欲"的哲学之辨为依托，在肯定人心对于外界的感应有邪正之别，所以言语表达出来也会有是非差异的观念基础上，借助于孔子的"思无邪"说，提出了面对圣人手定的经中出现的"淫奔之诗"如何做到"思无邪"的方法：

> 前辈多就诗人上说思无邪，发乎情止乎礼义，熹疑不然，不知教诗人如何得思无邪。谓如《文王》之诗，称颂盛德，盛美处皆吾所当法。如言邪僻失道之人，皆吾所当戒，是使读诗者求无邪思……熹看来《诗》三百篇，其说好底也要教人思无邪，说不好底也要教人思无邪。只是其他便就一事上各见其意，然事事有此意，但只是思无邪一句方尽得许多意。

朱熹认为前辈学者从作诗者的角度去理解"思无邪"是不对的，他指出孔子说《诗》"思无邪"，并不是指诗中言说的事、抒发的情都是无邪的，而是指读诗之人要怀持无邪之思，看到好的便存心效法，看到不好的，便自省戒惧，由此达到一个"教人思无邪"的目的。以天理人欲的理学作为立论的哲学基础，朱熹在"淫诗"与"思无邪"之间建立起了一个能够自圆其说的体系。

通过把"思无邪"解释成为"使读诗者求无邪思"从而达到"教人思无邪"，朱熹让《诗经》中一直被包裹在美刺观念之下的男女情思真切实在地展现在了说诗者的面前，"诗缘情"的文学观念得以在一直被视为"经"

的《诗经》中得到印证，这对后世《诗经》文学阐释的兴起起到了重要的推动作用。这也是朱熹被后人视为《诗经》研究从经学走向文学的关键人物的根本原因。但是，在称赞朱熹对于《诗经》文学研究的贡献时，我们需要明确的问题是，即使朱熹的《诗》学表现出了文学解读的意味，但是他的经学阐释立场是他对待《诗》的基本态度。因此，从整体上讲，朱熹的《诗》学阐释，仍然是经学的而非文学的。

朱熹以诗人的情怀熟读玩味，读出了"民俗歌谣之诗"感物道情、吟咏性情的特征，又站在道学家"灭人欲"的立场，把其中歌咏男女情思的作品定性为"淫奔者之辞"，最后又秉持"《诗》可以观"的原则，通过"恶者可以惩创人之逸志"以达到"教人思无邪"的解说，来化解"淫诗"的定性所带来的对于经典权威性的危害，在自己的学说领域内实现了一定意义上的圆融贯通。但是，并非每个人都能接受《诗经》当中存在"淫诗"这样的事情。于是，到了朱熹的三传弟子王柏，就作《诗疑》并且明确提出了删去"淫诗"的主张，他列出了拟在删除之列的三十一首诗的目录，希望有朝一日能出现一位有能力影响朝廷的人可以放黜之。这大概属于宋人疑经思潮中最为激进的主张了。

宋代以后，朱子学说深刻影响了元明两代，在清朝初期仍有相当的影响。从康熙末年开始编定、至雍正五年（1727）刻成的《钦定诗经传说汇纂》，是清朝初年集朱学之大成的著作。这部书以尊奉朱熹诗说为宗旨，所以把《诗集传》的解说列在首位，然后采集汉唐以来诸家说法中与朱传相合的解释列于其后。对于释义和朱传不同但阐释更加合理的说法，则收入《附录》。可以说这是一部清朝初年官方认定的尊奉朱子学说的《诗经》汇注本。但另一方面，朝廷之外的学术界早已展开了对朱熹诗学的反思与批评。实际上，从朱熹的朋友吕祖谦开始，对朱熹学说的批判就一直未曾间断，明末何楷的《诗经世本古义》中多次出现"朱子改为男女相赠答之辞，无稽甚矣"一类的批评语。至清朝初年，既不尊奉毛郑、也不崇尚朱子的独立思考派学者姚际恒，在《诗经通论·自序》中，对朱熹的"淫诗"说提出了明确的批评，他认为《诗集传》中的纰缪不少，其中最大的就是误读孔子"郑声淫"，妄以《郑诗》为淫，且旁及卫诗及他国风诗，这种做法会带来陷孔子于"导淫之人"境地的严重后果，因此是让举世之人切齿叹恨的。在《诗经通论·诗经论旨》中，他再次重申了"淫诗"说之错误，并进一步申论"声"和"诗"的不同："夫子曰'郑声淫'，声者，音调之谓，诗者，篇章之谓，迥不相合。"

在"淫诗"的问题上，与独立思考派的姚际恒相互应和的，还有以文字音韵训诂、名物制度考证为典型特征的考据学家。考据学派在当时也被称为"汉学"，这是一个与尊奉朱子的"宋学"相区别的、具有一定复古特征的名称，是清代前期学者对重视文字音韵训诂以及名物考证的学术派别的称谓，如江藩《国朝汉学师承记》即用此名。清代之后，又因其特异于汉代学术的科学精神，被统称为"清学"。《诗经》清学从清初朱鹤龄的《诗经通义》以及陈启源的《毛诗稽古编》开始，就已经发出了尊崇毛、郑诗学的先声。之后，乾隆皇帝读《诗》时对朱熹的解释产生怀疑，因而发出"晦翁旧解我生疑"（《七十二候诗·虹始见》）的感叹。在这个背景下，乾隆下令编纂《诗义折中》，这部著作的分章大多依据郑玄的观点，而对诗本事的解释则一概遵从《小序》，这是官方发出的尊崇毛、郑的明确信号。由此开始，毛、郑诗学重新走向昌盛，出现了一系列优秀的《诗经》学著作，比如戴震的《诗经补注》《毛郑诗考正》、段玉裁的《诗经小学》、马瑞辰的《毛诗传笺通释》、胡承珙的《毛诗后笺》、陈奂的《诗毛氏传疏》等。这些著作虽然尊崇毛、郑之学，却不拘泥于门户之见，能够在实事求是、言必有据的宗旨下，经、史、子兼治，文字、音韵、训诂皆通，由此形成了一股扎实厚重、开明大气的学术流派，史称"乾嘉学派"。

戴震是乾嘉学派中皖派的创始人，也被认为是"清学"形成过程中发挥了奠基作用的重要人物。梁启超在《清代学术概论·十》中评价戴震说，如果没有戴震，那么清学能否成为卓然独立的学术，就是未可预知的事情了。在紧接其后的十一章中，他首先记述了戴震小时候读书的一个小故事：戴震读《大学章句》到"右经一章"以下时，问私塾老师一个问题：这从哪里知道是曾子转述的孔子说过的话呢？又从哪里知道是曾子的门人记下的曾子的意思呢？老师回答说：这是前代的儒者朱子的注释中说的。戴震于是又问，朱子是什么时候的人？老师说南宋的。戴震又问：那孔子和曾子是什么时候的人？老师说东周人。戴震又问：从东周到宋有多长时间？老师说差不多两千年。戴震最后的问题是：那朱子又是怎么知道是这样的呢？老师被追问得哑口无言，无法回答。梁启超在讲述完这个小故事之后，说了这样一段话：

> 此一段故事，非惟可以说明戴氏学术之出发点，实可以代表清学派时代精神之全部。盖无论何人之言，决不肯漫然置信，必求其所以然之故；常从众人所不注意处觅得间隙，既得间，则层层逼拶，直到尽头处；苟终无足以起其信者，虽圣哲父师之言不信也。此种研究精神，实近世科学所赖以成立。而震以童年具此本能，其能为一代学派完成建设之业固宜。(《清代学术概论·十一》)

梁启超的这段话，揭明了"清学"最值得称扬的不迷信古人、必求其所以然的研究精神。可以说，与"汉学""宋学"相并立的"清学"，是经学历史上最具科学精神，也掌握了科学研究法的学术流派。作为其代表人物的戴震，把考据视为闻道的必由之途，充分肯定了考据之于"闻道"的意义："仆自十七岁时，有志闻道，谓非求之六经、孔、孟不得，非从事于字义、制度、名物，无由以通其语言。"也正是通过考据，戴震发现了宋儒的问题所在："宋儒讥训诂之学，轻语言文字，是犹渡江河而弃舟楫，欲登高而无阶梯也。""宋儒言性，言理，言道，言才，言诚，言明，言权，言仁义礼智，言智仁勇，皆非六经、孔、孟之言，而以异学之言揉之，故就《孟子》字义开示，使人知'人欲净尽、天理流行'之语病。"戴震反对把天理与人欲对立，提出"所谓理者，必求诸人情之无憾而后即安，不得谓性为理"（段玉裁《戴东原先生年谱》）。他充分地肯定了人情人欲的合理性，只有符合人情的理才是合理的，由此对程朱理学所倡导的天理人欲之辨提出了明确的批判。以这种思想为基础，对宋儒提出的"淫诗"问题以及王柏删"淫诗"的提议，戴震也发表了自己的看法：

　　风虽有贞淫，诗所以美贞刺淫，则上之教化有时寝微，而作诗者犹觊挽救于万一，故《诗》足贵也。三百篇皆思无邪，至显白也。况夫有本非男女之诗，而说者亦以淫泆之情概之，于是目其诗，则亵狎戏谑之秽言，而圣人顾录之。淫泆者甘作诗以自播，圣人又播其秽言于万世，谓是可以考见其国之无政，可以俾后之人知所惩；可以与《南》《豳》《雅》《颂》之章并列之为《经》，

余疑其不然也。宋后儒者求之不可通，至指为汉人窜入淫诗，以
足三百之数，欲举而去之，其亦妄矣。（《毛诗补传序》）

戴震认为风俗音乐固然有贞正淫泆之别，但诗却是赞美贞正、讽刺淫
泆的，即使朝廷教化有衰微的时候，但作诗的人仍然试图通过诗的讽刺来
挽救朝政，这正是《诗》最可贵的品质。《诗经》三百篇本身都是无邪思的。
他明确否认了《诗经》中存在"淫诗"的看法，更斥"删《诗》"之议"其
亦妄矣"。这样的态度，和《四库全书总目·诗疑提要》评价王柏时所言
如出一辙："柏何人斯，敢奋笔而进退孔子哉！"
以姚际恒、戴震为代表的清代早期学者，都对宋儒在疑经思潮下提出
的种种问题进行了回应，他们虽然没有从根本上解决《诗序》的废存问题，
但却终结了"淫诗"的问题并使之退出了学术舞台。自此之后，这些曾被
宋儒认为"淫诗"的作品，开始作为"民俗歌谣之诗"的代表作，越来越
多地受到了文学研究者的注意。在一部分学者摆脱政治教化的阐释模式，
从吟咏性情的角度对其做出文学化的解读过程中，《诗》的神圣性被一步
步消解，经学时代之后，一个"《诗》非圣典"的时代于是接踵而来。

第六节　"《诗》非圣典"的文学回归与突破

《诗》在产生之初无疑是礼乐的，同时它也具有文学的属性。尽管从
先秦以至于汉唐时代，《诗经》的文学价值与光辉并未受到人们的关注，
但这并不意味着人们对此毫无知觉。早在先秦时代，人们就已经意识到了

诗歌与人的内心情志的互动与关联。《毛诗序》就说："诗者，志之所之也。在心为志，发言为诗。情动于中而形于言，言之不足，故嗟叹之；嗟叹之不足，故永歌之；永歌之不足，不知手之舞之，足之蹈之。"诗是人的内心之志的外在表现方式，感情激荡于内，言辞表达于外，诗与情互为表里，密切关联。因此，《毛诗序》在强调诗歌的政治教化功能时，也充分地肯定了它所具有的感动人心的力量，"故正得失，动天地，感鬼神，莫近于诗。先王以是经夫妇，成孝敬，厚人伦，美教化，移风俗"。

经学时代的诗义解读，在挖掘其德义内容与政教功能的同时，也让《诗经》作品的文学价值逐渐展露出迷人的光辉。《毛诗序》中所说的"吟咏性情以讽其上"，到孔颖达的《毛诗正义序》，已经表现为"虽无为而自发，乃有益于生灵"的自然流露与表达："六情静于中，百物荡于外。情缘物动，物感情迁。若政遇醇和，则欢娱被于朝野；时当惨黩，亦怨刺形于咏歌。作之者所以畅怀舒愤，闻之者足以塞违从正。"诗歌是人受到外界事物的激荡之后畅怀舒愤的情感表达方式与成果，孔颖达充分地肯定了诗歌抒情的文学价值。

到了朱熹的眼中，《诗经》中出现了"民俗歌谣之诗"。在《诗集传·自序》中，他明确说道："凡《诗》之所谓'风'者，多出于里巷歌谣之作，所谓男女相与咏歌，各言其情者也。""里巷歌谣之作"的定位，让朱熹距离对《诗经》作文学的解读更近了一步，但是经学家的阐释立场与视野，从根本上决定了他对待《诗经》的态度。在"教人思无邪"的阐释中，这些诗歌被朱熹定位为"淫诗"。但是让朱熹没有想到的是，"淫诗"的指认，从根本上动摇了《诗》之为"经"应有的神圣性与权威性，由此才发生了王柏主张"删《诗》"的闹剧。之后，朱熹的"淫诗"说受到诸儒的批判，至清代基本退出了历史舞台。但是，他指认"淫诗"时所倡导的、以"自作此诗"的态度熟读玩味、体悟其间"自有感物道情，吟咏情性"的读诗方法，却开启了脱离政教束缚、立足于诗歌本文来说诗解诗的新途径。

以姚际恒为代表的清代独立思考派学者，对《毛诗序》以及朱熹的《诗集传》都提出了质疑。这种质疑的勇气，让他能够跳出由《诗序》所建立起来的政教化说诗理论的束缚，以实证的精神、诗人的意味去追寻诗歌的本义。他在激烈批评朱熹"淫诗"说的同时，继承朱熹"只将本文熟读玩味"的读诗方法，提出"惟是涵泳篇章，寻绎文义，辨别前说，以从其是而黜其非，庶使诗意不致大歧"，以避免前人说《诗》"若固、若妄、若凿"之失的论诗方法，对于那些无法做出详明解释的诗篇，则遵循"宁为未定之辞，务守阙疑之训"的原则，以期保留"原诗之真面目"，以免"漫加粉蠹，遗误后世"（《诗经通论·自序》）。诚如顾颉刚《诗经通论·序》中所言："姚首源先生崛起清初，受自由立论之风……实承晦庵之规模而更进者，其诋之也即所以继之也。"顾颉刚的评价指出了姚际恒与朱熹一脉相承的为学精神，这就是疑古基础上独立思考的自由立论。可以说，疑古的勇气，实证的精神，以及"必加圈评"以追踪文学意味的批评方法，让姚际恒的《诗经》学研究能够突破经学阐释的藩篱，在当时的条件下最大限度地彰显了《诗经》作品的文学价值。例如评《周南·关雎》"求之不得，寤寐思服，悠哉悠哉，辗转反侧"时说："今夹此四句于'寤寐求之'之下，'友之''乐之'二章之上，承上递下，通篇精神全在此处。盖必著此四句，方使下'友''乐'二义快足满意。若无此，则上之云'求'，下之云'友''乐'，气势弱而不振矣。"评《周南·桃夭》时说："桃花最艳，故以此取喻女子，开千古词赋咏美人之祖。"评《豳风·七月》

"七月在野，八月在宇，九月在户，十月蟋蟀入我床下"时说："无寒字，觉寒气逼人。"评《王风·采葛》时则说："'岁''月'，一定字样，四时而独言秋，秋风萧瑟，最易怀人，亦见诗人之善言。"这完全是立足于文学立场的解读方式。顾颉刚对此有高度的评价："其以文学说经，置经文于平易近人之境，尤为直探诗人之深情，开创批评之新径。"（《诗经通论·顾颉刚序》）尽管如此，姚际恒最终没能超越他的时代。在深信孔子删《诗》的前提下，尊经崇圣的根本立场，使得他对《诗经》的阐释，对"淫诗"说的批判，最终仍然回到了维护经典与圣人权威的"刺淫"说的老路上。但是，他所倡导并使用的"涵泳篇章，寻绎文义"的"以文学说经"的方法，却对之后的崔述、方玉润等人产生了巨大的影响。

崔述在其《诗经》学代表作《读风偶识》卷一即宣称："余于《国风》，惟知体会经文，即词以求其意，如读唐宋人诗然者，了然绝无新旧汉宋之念存于胸中。"摒弃汉宋以来的各种陈说，只知体会经文，即词求意，这和姚际恒所说的"涵泳篇章，寻绎文义"表达了相同的读诗理念。方玉润《诗经原始》的说诗方法，更是直接受到姚际恒《诗经通论》的影响："最后得姚氏际恒《通论》一书读之，亦既繁征远引，辩论于《序》《传》二者之间，颇有领悟，十得二三矣。……乃不揣固陋，反覆涵泳，参论其间，务求得古人作诗本意而止，不顾《序》，不顾《传》，亦不顾《论》，唯其是者从而非者正，名之曰《原始》，盖欲原诗人始意也。虽不知其于诗人本意何如，而循文按义，则古人作诗大旨要亦不外乎是。"（《诗经原始·自序》）方玉润把姚际恒的《诗经通论》与《诗序》《毛传》并列，可见他对该书的看重。他不但在方法上继承了姚际恒的"涵泳篇章，寻绎文义"的思想，想要探究诗人本意，在具体的说解中，也多采用姚氏的说法。例如于《卫风·硕人》篇"巧笑倩兮，美目盼兮"下，姚际恒评曰："千古颂美人者无出其右，是为绝唱。"方玉润《原始》则说："千古颂美人者无出此二语，绝唱也。"当然，方玉润也有不少超越姚说的地方，如于《周南·芣苢》，姚氏以诗义未详存之，却又针对《诗集传》"化行俗美，家室和平，妇人无事，相与采此芣苢而赋其事以相乐也"的说法提出批评："夫妇人以蚕织为事，采桑乃其所宜。今舍此不事，而于原野采草相与嬉游娱乐，而谓之风俗之美，可乎？"这样的反驳颇让人觉得不可理喻。而方玉润《诗经原始》的解释则完全不同：

> 此诗之妙，正在其无所指实而愈佳也。夫佳诗不必尽皆征实，自鸣天籁，一片好音，尤足令人低回无限。……读者试平心静气，涵泳此诗，恍听田家妇女，三三五五，于平原绣野、风和日丽中群歌互答，余音袅袅，若远若近，忽断忽续，不知其情之何以移而神之何以旷。则此诗可不必细绎而自得其妙焉。唐人《竹枝》《柳枝》《棹歌》等词，类多以方言入韵语，自觉其愈俗愈雅，愈无故实愈可以咏歌。即《汉乐府·江南曲》一首"鱼戏莲叶"数语，初读之亦毫无意义，然不害其为千古绝唱，情真景真故也。知乎此，则可与论是诗之旨矣。

这样的解读，完全是一种把《诗经》作品等同于唐诗、汉乐府的文学欣赏的态度，几乎看不出经学家的身份与立场。而且，在引述朱熹的说法之后，方玉润继续评价说："其说不为无见。然必谓为妇人自赋，则臆断矣。盖此诗即当时《竹枝词》也，诗人自咏其国风俗如此，或作此以畀妇女辈俾自歌之，互相娱乐，亦未可知。今世南方妇女登山采茶，结伴讴歌，犹有此遗风云。"从这里可以看出，《诗经原始》已经表现出了有意突破传统《诗经》经学阐释的范畴，在广义的诗学传统当中解读诗歌的意识。尽管方玉润也未能超越他的时代，在尊孔崇经的文化氛围中，他也会对抒发男女情思的风俗歌谣的题旨有意曲解，如把《郑风·狡童》解作"忧君为群小所弄也"等等。但是，当他把《芣苢》视同《竹枝词》、把《汉广》当作"江干樵唱"时，他的《诗经》阐释，就在朱熹的"淫诗"说之后，再一次表现出了"《诗》非圣典"的意味。

从朱熹把《国风》视作"民俗歌谣之诗"起，《诗经》学就开启了一扇通往文学研究的窗户。经过姚际恒、崔述、方玉润等人立足原典、涵泳篇章、循文按义的解说，"以文学说经"的门户进一步扩大。随着"五四"新文化运动而兴起，在经学时代并未受到多少关注的《诗经通论》《读风偶识》和《诗经原始》，受到了新文化领军人物的青睐。梁启超称赞说："这三部书的价值，只怕会一天比一天涨高罢！《诗经通论》我未得见，仅从《诗经原始》上看见片段，可谓精悍无伦。"（《清代学者整理旧学之总成绩》）胡适也说："那个时候研究《诗经》的人，确实出了几个比汉宋都要高明的，如著《诗经通论》的姚际恒，著《读风偶识》的崔述，著《诗经原始》的方玉润。"（《谈谈〈诗经〉》）顾颉刚在《诗经通论·序》中，盛赞姚际恒说："自标论旨，谓'宁可获罪前人，不欲遗误后人'，何言之伟也！……云南方玉润游蜀得之，喜其立说之新，扩之为《诗经原始》……此书之版藏于斯，衰然居群籍之首，若明珠之在骊颔，腾其光辉，摄人心目，况又得贤主人为之护持而宣扬之，先生其当释久阏之憾于九京哉！"

现代意义上的《诗经》研究，正是接续清代独立思考派"以文学说经"

的思路，通过对《诗经》经学性质的消解以及文学性质的确认开始的。胡适于 1923 年在《〈国学季刊〉发刊宣言》中发出了这样的号召："在文学方面，也应该把'三百篇'还给西周、东周之间的无名诗人……还他那个时代的特长的文学，然后评判他们的文学价值。"① 两年之后，他在武昌大学发表题为《谈谈〈诗经〉》的演讲时，又说："《诗经》在中国文学史上的位置，谁也知道。它是世界最古的有价值的一部。……《诗经》不是一部经典。从前的人把这部《诗经》都看得非常神圣，说它是一部经典，我们现在要打破这个观念；假如这个观念不能打破，《诗经》简直可以不研究了。因为《诗经》并不是一部圣经，确实是一部古代歌谣的总集，可以做社会史的材料，可以做政治史的材料，可以做文化史的材料。万不可说它是一部神圣经典。"为了彻底割断《诗经》与政治的关系，他从根本上否定了孔子删《诗》的说法，"孔子并没有删《诗》，'诗三百篇'本是一个成语。……前人说孔子删《诗》的话是不可相信的了……这些歌谣产生的时候大概很古，但收集的时候却很晚了。"《谈谈〈诗经〉》的主旨，就是消解《诗经》的权威性，恢复《诗经》作为一部"古代歌谣的总集"的面目。

以顾颉刚、钱玄同等人为代表的古史辨派学者，从观念和方法上都深受胡适思想的影响。顾颉刚在《诗经的厄运与幸运》一文中说："《诗经》是一部文学书，这句话对现在人说，自然是没有一个人不承认的。我们既知道它是一部文学书，就应该用文学的眼光去批评它，用文学书的惯例去注释它，才是正辨。"② 但是实际上，在当时的文化环境下，想要把《诗经》

① 《胡适文集 3》，北京大学出版社 1998 年，第 11 页。
② 顾颉刚《诗经的厄运与幸运》，载《顾颉刚民俗学论集》，上海文艺出版社 1998 年，第 190 页。

当成一部文学书来看，并不是说说就能实现的。他们首先需要从思想意识上，断绝《诗经》与孔子的关系。在这个问题上，古史辨派也基本接受了胡适的影响，都反对孔子删《诗》的说法。冯友兰作《孔子在中国历史中之地位》的主要目的就是"证明孔子果然未曾制作或删正六经"；钱玄同在《论〈诗经〉真相书》中说："这书的编纂和孔老头儿也全不相干，不过他老人家曾经读过它罢了。"顾颉刚同声相应，其《论〈诗经〉经历及〈老子〉与道家书》一文也说："孔子只与《诗经》有关系，但也只劝人学《诗》，并没有自己删《诗》。"只有割断《诗经》和孔子的关系，才能从根本上否定《诗经》一书编纂的政教目的，才能使《诗经》研究脱离政教理论的束缚而走向文学研究之路。

其次是在研究的方法论上，要打破经学时代建立起来的注疏传统的限制与束缚。"我们要研究《诗经》，便非先把这一切压盖在《诗经》上面的重重叠叠的注疏的瓦砾爬扫开来而另起炉灶不可。这种传袭的《诗经》注疏如不爬扫干净，《诗经》的真相便永不能显露。"（郑振铎《读毛诗序》）批判的勇气和独立思考的自由精神是古史辨派所追求和倡导的，因此，他们对具有独立自由思想、勇于批判前人陈说的郑樵、姚际恒、崔述、方玉润等人给予了高度的评价，甚至对主张删除"淫诗"的王柏的《诗疑》，也给予了足够的关注。在新文化运动的冲击下，屹立近两千年的经学大厦轰然倒塌，持续了两千多年的《诗经》经学研究，迅速让位于《诗经》文学研究。"以文学说经"，遂成为 20 世纪《诗经》学最主要的特征。

需要了解的是，古史辨派对于推动《诗经》研究从经学转向文学发挥了巨大的作用，但是，他们的研究工作本身，却并不属于他们所倡导的"文学"研究。作为上古时代重要的存世作品，诚如胡适所言，《诗经》"可以做社会史的材料，可以做政治史的材料，可以做文化史的材料"，对于准备先打破上古史，然后再以科学的方法重建的古史辨派而言，辨明《诗经》的真相，终极的目的在于重建上古史。因此，顾颉刚虽然宣称"应该以文学的眼光去批评它，用文学书的惯例去注释它"，但他自己追究《诗经》真相的研究，却大多是基于史料分析的方法完成的，如《论〈诗经〉所录全为乐歌》《诗经在春秋战国间的地位》等。朱自清的代表作《诗言志辨》，虽然也有明确的"文学意识"为指导，所做的却是文学批评史的工作，是在"诗论"的框架下对《诗经》学史上产生的"诗言志""比兴""诗教""正变"理论的历史考察。

而真正带着文学的眼光，把《诗》当作"诗"去解读和研究的人是闻一多。他把《诗》义的解读称为"灵魂的探险"（《匡斋尺牍·二》），他虽然批评清代的《诗经》学时说过"训诂学不是诗"，但他充分肯定字词训诂对于理解诗义的重要意义。因此，在《风诗类钞》《诗经新义》《诗经通义》等著作中，他做了广泛的训诂与考证工作，其中影响最大的，恐怕要数《诗新台鸿字说》了。除此之外，基于对"歌谣"性质的确认，他广泛采用民俗学、神话学的方法解读诗义，对于推动《诗经》的文学研究发挥了巨大的作用，也代表了这一时期《诗经》文学研究的最高水平。

除了闻一多之外，对于当时以及后来《诗经》研究产生深刻影响的，还有郭沫若的《诗经》今译与研究。新文化运动发生之后，在当时批判传统、废弃经学的背景下，郭沫若立志要在故纸堆里发掘出"我们最古的优美的平民文学"。在新诗集《女神》出版之后，于1923年，郭沫若出版了他的译诗集《卷耳集》。《卷耳集》选择《国风》中的四十首诗，以诗人的才华与敏感，用诗的形式对这些作品进行再创造性的意译，对诗义做了全新的解读。该书出版之后，立即引起了学界的重视。这是我国第一部《诗经》今译著作，如今非常流行的"《诗经》今译"，就是在此基础上发展起来的。

郭沫若之所以选取《国风》作品翻译，与当时的思想政治文化领域内普遍出现的反专制、反正统、反文言的民权运动密不可分。民权运动反映在文化领域，非常突出的表现就是对白话文以及民间文学传统的重视。首倡文学革命的胡适在《文学改良刍议》中，就把"不避俗字俗语"作为"八事"之一正式提出。之后，北京大学创办《歌谣》周刊，歌谣调查与研究进行得轰轰烈烈。胡适直接把《诗经》定位为"歌谣总集"，汉乐府民歌受到关注，均与此有密切的关联。"歌谣总集"的定位，对于推动《诗经》去经典化发挥了重要的作用，同时也对当时及以后的《诗经》研究产生了深刻的影响。闻一多就完全接受了"歌谣集"这个说法，他在《匡斋尺牍》中对《诗经》定性说："明明一部歌谣集，为什么没人认真的把它当文艺看呢？"而实际上，对于胡适"歌谣总集"的定位，顾颉刚在当时就提出了修正意见："《诗经》三百零五篇中，到底有几篇歌谣，这是很难说定的。在这个问题上，大家都说《风》《雅》《颂》的分类即是歌谣与非歌谣的分类。所以《风》是歌谣，《雅》《颂》不是歌谣。……我们看《国风》中固然有不少的歌谣，但非歌谣的部分也实在不少。"（《从〈诗经〉中整理出歌谣的意见》）郑振铎也说："在这三百零五首里，有的是颂神歌，有的是民谣，有的是很好的抒情诗。"（《读毛诗序》）但是，民权运动背景下对于民间文学传统的重视，《诗经》仍然被普遍地视为最古的"歌谣总集"。为此朱东润先生还专门写了一篇《国风出于民间论质疑》① 来进行反驳：

> 《诗》三百五篇，论者以为出于民间，然考之于《诗》，有
> 未敢尽信者。《雅》《颂》之诗，自少数篇什容有疑议外，其余
> 多为朝廷郊庙乐歌之词，自古迄今，未有异论。然论者犹可诿为
> 《雅》《颂》诸篇，不及全《诗》二分之一，自可举其大凡，谓
> 《诗》三百五篇为民间之作。今果能确然指认《国风》百六十篇
> 或其中之大半，不出于民间者，则《诗》出于民间之说，自然瓦
> 解，而谓一切文学来自民间者，至此亦失其一部之依据，无从更
> 为全称肯定之主张。

但是，在时代的需要面前，学者的研究并未发挥正本清源的作用。《诗经》成为"歌谣总集"，"在内容和形式上都保留着相当素朴的人民风味"② 的《国风》被视为《诗经》中最有文学价值的部分，也成为 20 世纪后半期最受研究者关注和重视的部分。从文学角度鉴赏、评说《诗经》人民性、艺术性的研究成果大量出现，《诗经》研究最终陷入了深不下去、走不出来的"文学困境"当中。从某个意义上来说，这是把《诗经》视为歌谣集，倡导以"以文学的眼光去批评它"，从而割断它与礼乐、与政教之间的关联后必然发生的结果。

在 20 世纪 80 年代开始出现的反思潮流中，《诗经》的文本性质再次成为问题。经过三十多年的讨论，《诗经》与周代礼乐文化之间的关系再

---

① 载《国立武汉大学文哲季刊》1935 年第五卷第 1 期。

② 郭沫若《简单地谈谈诗经》，《郭沫若全集》文学编第十七卷，人民文学出版社 1989 年，第 227 页。

一次受到重视。回到《诗经》的时代，从了解礼乐文化的土壤开始探求《诗经》与周代礼制度之间的关系成为可能。只有籍此途径，凭借着"知人论世"的文化观念，"以意逆志"的理解同情，我们才有可能真正完成"灵魂的探险"，解开《诗经》的文化密码，真正理解《诗经》及其所承载的礼乐文化在中华民族文化心理结构建构过程中所发挥的作用与影响。

思无邪！《诗经》的传承历史，是一部秉承着无邪之思解读先民心灵之歌的历史，其中承载着中华民族的文化精魂，散发着中华文化特有的人性光辉！

第三章 启明晨星——《诗经》的诗学启迪温柔敦厚与影响

　　两千多年的《诗经》传承史，虽然是一部以经学阐释为主导的历史，但是，《诗经》对于中国文学的贡献与影响，却从其产生之初就已经出现了。这种贡献主要表现在两个方面：其一，《诗经》是中国现存最早的诗歌总集，它保存了从西周初至春秋末五百多年间的三百零五首诗歌作品。其二，《诗经》作品以及围绕作品展开的《诗》学阐释，为后世文学的创作与批评提供了一套可资借鉴的理论范式，从根本上影响和制约了中国文学的发展走向。关于第一个贡献，已是人们普遍的共识，当代任何一部涉及先秦诗歌史的文学史著作，讲到《诗经》时必然开篇明义地表达这个态度。对于第二个方面，笔者打算从以下四个方面展开：一、"诗言志"；二、赋比兴；三、兴观群怨；四、"温柔敦厚而不愚"。

第一节 "诗言志"——从"《诗》"到"诗"的扩展与嬗变

　　"诗言志"最早出现于《尚书·尧典》："夔！命汝典乐，教胄子，直而温，宽而栗，刚而无虐，简而无傲。诗言志，歌永言，声依永，律和声。

八音克谐，无相夺伦，神人以和。"这段话托言于帝舜，但其实际的出现时代应该在西周中后期①，意思是说：夔，我任命你去掌管乐事，教导贵族子弟，使他们为人正直而温和，处事宽大而谨慎，性情刚毅而不凌人，态度简约而不傲慢。诗表达内心的情志，歌是把言拉长了唱出，用五声来协调咏唱，用十二律来配合五音。各类乐器演奏出来的声音能够协谐应和，不相互干扰导致伦次混乱，神人因此得以和洽相处。主旨是说诗、歌、乐在教育子弟、娱乐神人时应发挥的作用及结果。其中的"诗言志"，说的就是"诗"的作用与功能。

那么，什么是"诗"？"诗者，衰世之风也"（《淮南子·诠言训》高诱注），"至穆王之孙懿王时，王室遂衰，戎狄交侵，暴虐中国。中国被其苦，诗人始作……"（《汉书·匈奴传》）。汉人的类似言论提醒我们应认真思考"诗"出现的时代。闻一多在《歌与诗》中曾经说过："《三百篇》有两个源头，一是歌，一是诗。"经过一番考索之后我们发现，在西周时代确实存在过一个"歌"与"诗"分立的时期。但是，这个分立并非发生在《诗经》之前，也并非表现在"情"与"事"的不同上。实际上，被闻一多先生认定为出自史官之手的《大雅》当中的《绵》《公刘》等，恰恰是西周初年最为典型的"歌"，是周人纪念先祖、歌颂其美德的产物。与"歌"相比，"诗"的产生相对滞后。《汉书·匈奴传》把"诗人始作"的时代确定在西周中期的周懿王时代，其中引用的诗句则出自《小雅·采

① 李山认为《尚书·尧典》"是西周中期文献，具体说，是不出西周穆、恭、懿、孝这一时间范围内写制的文献"（《〈尧典〉的写制时代》，《文学遗产》2014年第4期）。王文生则从"夔不达不礼""乐教的内容无'仁''义'"以及"神人以和"三个方面，论证"诗言志"文学思想纲领产生在西周中期的公元前9世纪中叶（《"诗言志"文学思想纲领产生的时代考》，《文艺理论研究》2010年第2期）。这个时代，实际上正是"诗"由产生到与"歌"合流，从而"正经与变同名曰诗"的时代。

薇》。《采薇》通常被认为是周宣王重修礼乐时写定的作品，但它的始作时代，很有可能可以上溯至边患频发的西周中期。而在文献的记载中，"诗"的产生与使用总是关联于讽刺与规正。如《国语·晋语六》说"在列者献诗使勿兜"，《淮南子·泛论》高诱注说"诗所以刺不由道"，《论衡·谢短篇》说"周衰而诗作"，《诗纬·含神雾》说"诗者，持也，在于敦厚之教，自持其心，讽刺之道，可以扶持邦家者也"。因此，"歌"与"诗"的分立，实际上发生在讽刺之诗初起的西周中后期，发生在歌颂还是讽刺的不同指向上。

到宣王重修礼乐时，那些讽刺厉王朝政的《民劳》《板》《抑》等诗和抒发征人情怀的《四牡》《采薇》等诗，通过"诗入仪式"的方式成为仪式乐歌之后，"诗"也成为原来只收录"歌"的仪式乐歌文本的内容之一。"歌"与"诗"的混用开始出现在当时的乐歌作品中：

> 《大雅·卷阿》岂弟君子，来游来歌……矢诗不多，维以遂歌。
>
> 《大雅·崧高》：吉甫作诵，其诗孔硕，其风肆好，以赠申伯。
>
> 《大雅·桑柔》：虽曰匪予，既作尔歌。
>
> 《小雅·何人斯》：作此好歌，以极反侧。
>
> 《小雅·巷伯》：寺人孟子，作为此诗，凡百君子，敬而听之。
>
> 《小雅·四月》：君子作歌，维以告哀。
>
> 《小雅·白华》：啸歌伤怀，念彼硕人。

实际使用中的混用，必然推动观念上的改变。"诗"字具有更加注重文辞内容的意义指向，因此逐渐涵括"歌"的部分，成为仪式乐歌歌辞的代称,这就是孔颖达所说的"正经与变同名曰诗"。于是,在这样一个以"歌"为"诗","歌""诗"混用的时代,"诗言志"的观念也跟着产生了。

"诗言志"是一个内涵丰富的命题,其中的"诗",既密切关联于《诗》,又不能等同于《诗》。而除了"诗言志"这个说法之外,还有"《诗》以言志"(《左传·襄公二十七年》)、"《诗》以道志"(《庄子·天下篇》)等不同的说法。这些不同的说法,实际上来源于《诗》在当时所承担的不同的社会功能。

最早的"诗言志",是在"在列者献诗使勿兜"的意义上使用的,这也就是朱自清《诗言志辨》所说的"献诗陈志",即针对执政者的缺失,陈述具有规谏之意的诗进行劝谏。至春秋时代,赋诗之风盛行,"《诗》以言志"即因此而来。诸侯卿大夫聘问邻国,往往通过直引《诗》篇或者《诗》句,来表达交结之意,寄托恩好之情,甚或传递隐微之志。这就是"《诗》以言志",或称之为"赋诗言志"。与此同时,"观人以言"(依据言语来判断德行)、"赋纳以言"(依据言语来取用为官)等观念的流行,也让"赋诗"的行为本身具有了表德与观德的意义。于是,《诗》在道德养成、志向提升中的作用也被发挥出来,这就是《国语·楚语上》所说的"教之《诗》,而为之导广显德,以耀明其志"。在这个意义上,"诗"与"志"的关系又可被表述为"《诗》以道志"或者"教诗明志"。

在这些对《诗》的具体使用中,基于《诗》的政教功能,"诗言志"也始终与政教相关联。因此,这样的文化背景下,"诗"所言之"志",也必然始终与政治教化相关联。但是,"诗"所言之"志"与政治教化之间的密切关联,并不意味着"志"本身就是一个与"情"相区别的、从一开始就与政教关联在一起的概念。实际上,在"诗言志"的政教化指向中,

"情"始终与"志"如影相随，是"诗"之所以成"诗"的最初发动力量。除了《诗经》作品中随处可见的喜怒哀乐之情外，《毛诗序》对"诗""志"与"情"的关系也有非常明确的阐述：

> 诗者，志之所之也。在心为志，发言为诗。情动于中而形于言，言之不足，故嗟叹之，嗟叹之不足，故永歌之。永歌之不足，不知手之舞之、足之蹈之也。

孔颖达在《毛诗序》的疏文中进一步申述说：

> 诗者，人志意之所之适也。虽有所适，犹未发口，蕴藏在心，谓之为志。发见于言，乃名为诗。言作诗者所以舒心志愤懑而卒成于歌咏。故《虞书》谓之"诗言志"也。包管万虑，其名曰心；感物而动，乃呼为志。志之所适，外物感焉。

在这里，他顺依《诗序》原文，把"感物而动"者称为"志"。而在《毛诗正义序》中，他却换了一个说法：

> 夫诗者，论功颂德之歌，止僻防邪之训。虽无为而自发，乃有益于生灵。六情静于中，百物荡于外，情缘物动，物感情迁。

从《毛诗序》的"在心为志"与"情动于中"，到孔颖达的"感物而动，乃呼为志"与"情缘物动，物感情迁"，都说明了《诗经》时代"志"与"情"的统一。另外，《左传》中有"六志"，《礼记》则说"六情"，孔颖达注《左传》时说："此六志，《礼记》谓之六情。在己为情，情动为志。情、志一也，所从言之异耳。"（《左传·昭公二十五年》孔颖达疏）从这个意义上说，"诗言志"，实际上也可以表述为"诗言情"。那么，在"情、志一也"的前提下，我们又该如何来理解"诗言志"与另外一个诗学命题"诗缘情"之间的差别与联系呢？

在《诗经》时代，"诗"经历了一个由歌、诗合流之前专指讽谏怨刺之辞，到歌、诗合流之后兼指颂赞之"歌"与讽刺之"诗"的词义扩展过程。词义扩展之后的"诗"，又被用为周代仪式乐歌文本的专名。从春秋初年开始，作为文本专名的"《诗》"，成为春秋战国时代"诗"字最为通行的义项。到了战国后期，在《诗》与"逸诗"之外，逐渐出现了把自己的作品称为"诗"的现象。如屈原的《九歌·东君》"展诗兮会舞，应律兮合节"，以及《九章·悲回风》"介眇志之所惑兮，窃赋诗之所明"。"窃赋诗"以明心中之志，这显然是对"诗言志"传统的直接继承。之后《荀子·赋篇》中出现了"佹诗"："天下不治，请陈佹诗。"所谓"佹诗"，即"佹异激切之诗"（《荀子·赋篇》杨倞注），这个"诗"，也超出了战国时代通行的《诗》的范围。

屈原和荀子对"诗"义的扩展，一方面使得"诗言志"的《诗》学命题，突破了《诗》学阐释的范畴，对"诗"的创作产生了直接的影响。另一方面，因《诗》而与政教密切关联的"志"，伴随着"诗"义的扩展，开始向一己之情志的方向发展。所谓"贤人失志之赋"中的"志"，虽然也表达政治的关切，却直接关联于个人，这与《诗经》时代的"诗言志"所表达的国家政治教化之"志"有了一定的区别。这两个方面的共同推动，让原本作为《诗》学阐释命题的"诗言志"，开始向广义的诗歌阐释命题转变。

"诗"义的真正扩展，是汉代"歌诗"的大量出现。章太炎《国故论衡·辨诗》中说："汉世所谓歌诗者,有声音曲折,可以弦歌。"这就是说,汉朝人把配乐可以演唱的诗,称为"歌诗",这是一个既强调"歌"的形式,又注重"诗"之内容的名称。实际上与西周末年"歌""诗"合流之后的"诗"意义相同,都与仪式乐歌直接关联。"歌诗"这个名称之所以产生,应该是为了与成为专名的《诗》相区别。

　　我们今天把"歌诗"称为"乐府诗"。歌诗又可分为文人造作与民间采集两类。采集自民间的,有《汉书·艺文志》中所说的"采诗夜诵,有赵、代、秦楚之讴",这是对《诗经·国风》所建立的"采诗观风"传统的继承与发扬;由司马相如等文人造为诗赋、经李延年配合八音之调而作成的《十九章》之歌,则是直接对周代仪式配乐传统的继承。歌诗的采集与造作,在后续的发展中,逐步突破仪式的限制,也逐渐脱离以《诗》为谏的影响,逐渐成为抒发个人情感的重要表现方式。到这一时期,"诗言志"理论中的"在心为志,发言为诗","情动于中而形于言",在汉人的表述中就变成了"感于哀乐,缘事而发","饥者歌其食,劳者歌其事"。

　　从"在心为志,发言为诗"到"感于哀乐,缘事而发",这个变化,实际上也表现为"诗言志"向"诗言情"的转变。在先秦时代"情志一也"的背景下,"诗言志"的"在心为志,发言为诗",就是"情动于中而形于言""发乎情"。但是,春秋以后,"情"与"志"在具体的使用中发生分化。人们越来越多地用"志"字表达"意志""志向""志气",如《论语》之"盍各言尔志""三军可夺帅也,匹夫不可夺志也"等等。而与礼文诗乐相关联的情志,除了与"诗言志"直接相关的阐释之外,人们更多地使用"情"字来表达。如《毛诗序》"情动于中而形于言""发乎情,止乎礼义",如郭店楚简《性自命出》的"道始于情""礼作于情""君

子美其情"等。《礼记》中大量使用"情"字，却很少用"志"字来表达"心
之所之"；而使用到"志"时，也多与"意志"相关联。如《檀弓上》"今
一日而三斩板，而已封，尚行夫子之志乎哉"，如《礼运》"大道之行也，
与三代之英，丘未之逮也，而有志焉"，"志"与"情"的使用已出现较
为明显的分化。因此，到屈原时代，就出现了"发愤抒情"的说法："惜
诵以致愍兮，发愤以抒情。"出现在《九章·惜诵》中的这句"发愤以抒
情"，体现了战国以来对"情"之重视，并且首次从理论上明确了诗人之
"情"与诗文创作的关系，奠定了"情"的作用与影响。

值得注意的是，"情"与"志"均多次出现于屈原的作品中。王逸注
其"情"字时，或曰"志愿为情"，或曰"情，志也"，阐释的仍是"情
志为一"的观点；但《楚辞》中的"志"字，却通常在"志向""志愿"
的意义上使用，已无法用"情"字来替代，如"忠何罪以遇罚兮，亦非余
心之所志""欲横奔而失路兮，坚志而不忍"（《惜诵》）等。汉代之后，
"情"与"志"的分化越发明晰，前引庄忌《哀时命》的"志憾恨而不逞兮，
杼中情而属诗"，就表现出了"志意"与"感情"的二分。

把"情"与文辞直接关联起来的，除了文学家的"杼中情而属诗"之
外，还有来自经学的贡献。汉代纬书《诗泛历枢》说："《诗》之为学，
性情而已。"刘歆《七略》中更是出现了"《诗》以言情，情者，性之符也"
的说法①。"《诗》以言情"，扩展而言，即"诗以言情"。经学阐释中"诗
言志"让位于"诗以言情"，对于推动"诗""情"关系取代"诗""志"
关系发挥了重要的作用。

----

① 　《太平御览》卷六百九《学部三》"诗"下有文云："刘歆《七略》曰：'《诗》
以言情，情者，性之符也。《书》以决好，好者，义之证也。'"该段文字不见于今《汉书·艺
文志》。

刘歆之后，王充崇尚"情见于辞"（《论衡·超奇》），王符提出"诗赋者，所以颂善丑之德，泄哀乐之情也"（《潜夫论·务本》），都充分肯定了情之于文的重要意义。由此可知，在汉代"感于哀乐，缘事而发"的"歌诗"创作的推动下，"情"与诗文的关系较"志"与诗文表现得更为鲜明、更为直接。在西汉时代就已经出现的"杼中情而属诗"与"《诗》以言情"的表达中，"情"就已经取代"志"成为"诗言"的对象。"诗言情"取代"诗言志"，并最终演变为"诗缘情"，就具有了一定的必然性。

除了"歌诗"系统对于"诗言志"理论的继承与发展之外，在汉人的观念中，辞赋也是接续《诗经》传统的典型文体，班固在《两都赋序》中就明确声称："赋者，古诗之流也。"《汉书·艺文志·诗赋略》小序有一段话，精要地概括了《诗》向辞赋的流变、辞赋创作的分化以及歌诗与《诗》的关系：

> 春秋之后周道寝坏，聘问歌咏不行于列国，学《诗》之士逸在布衣，而贤人失志之赋作矣。大儒孙卿及楚臣屈原，离谗忧国，皆作赋以风，咸有恻隐古诗之义。其后，宋玉、唐勒，汉兴，枚乘、司马相如，下及扬子云，竞为侈丽闳衍之词，没其风谕之义。

春秋末年礼崩乐坏之后，赋诗言志的风尚不再流行，以屈原、荀卿为代表的失志贤人于是继承"诗言志"讽谏传统，借助于作赋来讽刺朝政。但是屈原作赋以讽却连遭贬斥的遭遇，使得宋玉、唐勒以及其后的辞赋创作发生转向。《史记·屈原贾生列传》把转向的原因归结为宋玉等人的"莫敢直谏"。不敢直谏表现在赋的创作上，就是不再像屈原一样直言政教的善恶,而是试图通过华丽的文辞,委婉曲折地达到讽谏君王的目的。但是,对丽辞的追求,最终淹没了"赋"的讽喻之义,在竞相追求侈丽闳富的文辞表达的过程中,产生了与创作本意完全偏离的"劝百而讽一"的"辞人之赋"。西汉末年,著名的辞赋家扬雄意识到了这个问题,并在《法言》中做了深刻反思:

> 或问:"吾子少而好赋?"曰:"然。童子雕虫篆刻。"俄而曰:"壮夫不为也。"或曰:"赋可以讽乎?"曰:"讽则已,不已,吾恐不免于劝也。"……或问:"景差、唐勒、宋玉、枚乘之赋也,益乎?"曰:"必也淫。""淫则奈何?"曰:"诗人之赋丽以则,辞人之赋丽以淫。如孔氏之门用赋也,则贾谊升堂、相如入室矣。如其不用何?"

扬雄在反思赋的讽劝问题时,发现赋存在着"诗人之赋"与"辞人之赋"的区别,他认为,从景差、宋玉时出现而在汉时兴盛的"辞人之赋",不但不能达到谏止的目的,反而还会产生劝进的反作用。他由此认定赋无益于政教,并把赋的创作归结为"童子雕虫篆刻",宣称"壮夫不为"。扬雄因此在晚年放弃赋体创作,把精力投入到他认为更有价值的学术方向,并且效仿《论语》完成了《法言》,效仿《周易》完成了《太玄》。

与扬雄不同,班固却从更为积极的层面上思考赋的价值与意义。在《两都赋序》中,他充分肯定了辞赋作品"抒下情而通讽谕"与"宣上德而尽忠孝"的功能,他认为赋与《雅》《颂》具有同类的属性。以此为基础,基于东汉初年万象更新的形势,班固倡导用赋来兴废继绝,润色鸿业。班固对赋的功能的定位，从根本上消解了汉赋创体以来一直存在的"讽"与"劝"的矛盾，让因《诗》而来的赋再次回归到了由《诗》所建立的言说政教善恶的传统中。从赋体创作主动承担起抒下情、宣上德以兴废继绝、润色鸿业的政教功能之后，便走上了一条与《诗》非常相似的发展之路：从润色鸿业到刺世嫉邪，从纪行述志到言情咏物，宏大的政治教化最终转向个体性十足的抒情写志。经由汉代的发展，诗与赋殊状共体，同声异气，成为语言艺术最典型的表现形式。

从刘歆《七略》开始，诗赋两体就被并为一类，与六艺、诸子等同列。班固对"赋者，古诗之流"以及"《雅》《颂》之亚"的定位，从客观上进一步强化了诗与赋的内在关联。在赋的创作表现出"铺彩摛文、体物写志"的鲜明特征时，突破"《诗》"体的限制而越来越具有鲜明特征的文人诗创作，也在模仿和借鉴"歌诗"的过程中，逐步走上了追求文辞形式之美的发展道路。至建安时期，类似于赋之"铺彩摛文，体物写志"，诗坛出现了驱辞逐貌的丽化倾向。正是在这个背景下，曹丕的《典论·论文》提出了"诗赋欲丽"的主张。曹丕身处文学自觉的时代，他虽然仍旧把文章视为"经国之大业，不朽之盛事"，但这时以诗赋为典型形态的文学，已经从经史之附庸的地位摆脱出来，逐渐剥掉了作为政治教化工具的功能与责任，单纯地成为文人抒发情感、展示才华的重要手段。《文心雕龙·明诗》在叙及这一时期五言诗的创作情况时说道："建安之初，五言腾踊。文帝、陈思纵辔以骋节，王、徐、应、刘望路而争驱。并怜风月，狎池苑，述恩荣，叙酣宴。慷慨以任气，磊落以使才。"以曹丕、曹植与王粲等建安七子为代表的建安文学家的创作，表现出了任气使才、有意为文的自觉。在有意为文的创作意识与"诗赋欲丽"观念的共同驱动下，赋的创作朝着骈俪化方向发展，而诗则走上了轻绮之路。所谓"采缛于正始，力柔于建安；或析文以为妙，或流靡以自妍"，《文心雕龙·明诗》中的这几句话，经典地总结了西晋诗歌放弃对思想内容的锤炼，崇尚绮丽浮艳的文辞特点。

当人们意识到作家作为创作主体的特殊性，以及作家不同的个性特征导致不同的文体风格之后，从创作者的角度讨论和认识文学创作活动的机缘也就成熟了，于是陆机的《文赋》应运而生。《文赋》站在创作者的角度，系统表达了当时人们对于不同文体的认知与追求：

> 诗缘情而绮靡，赋体物而浏亮。碑披文以相质，诔缠绵而凄怆。铭博约而温润，箴顿挫而清壮。颂优游以彬蔚，论精微而朗畅。奏平彻以闲雅，说炜晔而谲诳。虽区分之在兹，亦禁邪而制放。要辞达而理举，故无取乎冗长。

在这里，陆机系统评说了诗、赋、碑、诔、铭、箴、颂、论、奏、说共十种文体的不同特征。虽然他指出各体文章的创作目的都在于禁止邪僻放诞，创作的关键都在于辞义畅达，说理全面，但"诗缘情而绮靡"的判断，却对诗歌创作中出现的丽化倾向产生了推波助澜的作用。因此，到南朝宋之后，诗坛在争奇追新的极致形式化的创作实践中产生的"永明体"，是这种创作理念必然的结果和表现。

从陆机的"诗缘情而绮靡"，我们能够看到汉代歌诗"感于哀乐，缘事而发"的影响，从某种意义上说，"缘事"就是"缘情"。"感于哀乐，缘事而发"的汉乐府创作，为"诗言志"向"诗缘情"的转变奠定了基础。另一方面，"绮靡"的追求中又映射出了曹丕"诗赋欲丽"的影子。从"缘事"到"缘情"，从"欲丽"到"绮靡"，实际上都是站在创作者的立场上，对创作实践的理论总结。因此，和"诗言志"的阐释立场不同，"诗缘情"是基于创作立场的理论，是创作者对于创作机制的主动探求。

综上所述，从"诗言志"到"诗缘情"，其间的改变主要发生在三个方面：首先是"诗"本身的变异所带来的言说对象的不同。魏晋以来走上轻绮之路的"诗"，早已不是《诗经》时代承载着礼乐制度与政治教化的"诗"。此"诗"非彼"诗"，这是导致西晋时期的"诗缘情"不同于《诗经》时代的"诗言志"的根本原因。其次是"志"与"情"在具体使用上发生分化，当"杼中情以属诗""诗以言情"成为普遍共识时，"情"取代"志"成为一种必然。最后，是"言"所代表的阐释与批评立场，转变为"缘"所表达的创作立场带来的改变。从"诗言志"的阐释批评到"诗缘情"的根源探究，这既是一个"诗"义扩展的过程，是"情""志"分化的过程，同时也是一个文学自觉中创作主体由幕后走到台前，成为文学活动主体的过程。

以"诗缘情而绮靡"为纲领，一味追求形式之美的六朝诗歌，在成就永明体"调与金石谐"的声律合谐之美后，最终在宫体诗绮丽浓艳的追求中蜕变为"亡国之音"，成为人们批判的对象。唐人李延寿于《北史·文苑传》中说：

> 盖文之所起，情发于中。而自汉、魏以来，迄乎晋、宋，其体屡变……梁自大同之后，雅道沦缺，渐乖典则，争驰新巧。简文、湘东启其淫放，徐陵、庾信分路扬镳。其意浅而繁，其文匿而彩，词尚轻险，情多哀思，格以延陵之听，盖亦亡国之音也。

这一段文字追述了"文"的发展简史，说到了文体的变迁，指出由南朝梁简文帝萧纲和湘东王萧绎（元帝）所开启的宫体诗，最终蜕化为意义浮浅而文词靡艳的"亡国之音"的过程。"亡国之音"的定位让人们进而反思"缘情"之说的局限，基于《诗》学理论的"诗言志"中强烈的政教观念再一次受到关注。以《毛诗正义》的撰作为契机，孔颖达对"诗言志"与"诗缘情"这两种诗学理论进行了整合与论述，他在《毛诗正义序》中说：

> 夫诗者，论功颂德之歌，止僻防邪之训，虽无为而自发，乃有益于生灵。六情静于中，百物荡于外。情缘物动，物感情迁。若政遇醇和，则欢娱被于朝野。时当惨黩，亦怨刺形于咏歌。作之者所以畅怀舒愤，闻之者足以塞违从正。发诸情性，谐于律吕。故曰："感天地，动鬼神，莫近于诗。"此乃诗之为用，其利大矣。

这一段话，既从"作之者"的角度充分肯定了诗歌畅怀抒愤的抒情作用，又从"闻之者"的角度重申了诗歌止僻防邪的政教讽谏功能，使"诗言志"与"诗缘情"这两个产生于不同历史时段、具有不同诗学内涵的命题相互补足，在相辅相成中建构起新的诗学理论，从而奠定了唐代乃至整个后世诗歌理论的基础。对后世影响深远的"文以载道"，可视为唐宋文人在涤荡六朝"缘情"说的消极影响时，向先秦以来政教意味浓厚的"诗言志"传统的回归。

第二节　赋比兴——从用《诗》技艺到表现手法

说到《诗经》对于中国文学表现方式的贡献，莫过于赋比兴了。实际上，赋比兴从产生到最后成为诗歌创作的基本法则，也经历了一个较为漫长的演变过程。

赋比兴最早是作为周代乐官大师的教诗技艺"六诗"之名而出现的。《周礼·春官·大师》在说到乐官大师的职责时，其中有一项就是"教六诗"，这六诗，就是风、赋、比、兴、雅、颂。而大师所教授的对象，就是在各种典礼活动中承担着歌诗奏乐职责的瞽蒙。大师教授瞽蒙六诗时，必须遵守的原则，就是"以六德为之本，以六律为之音"。由"以六律为之音"可知"六诗"就是由乐官掌握并且具有一定技术要求，可以师徒相授的音乐性技艺。具体来说，"六诗"又可以区分为三组：其中"风"与"赋"为一组，"风"指借风土之音委婉地反映社情民意，"赋"则指直接陈述政教善恶的话语言说；"比"和"兴"为一组，"比"指协同一致的众人合唱，"兴"指一人主唱，众人应和的和歌；"雅"和"颂"为一组，"雅"指与雅乐配合而歌的朝廷正歌，"颂"指郊天祀地时的祭祀舞乐。它们分别关联于相应的制度和仪式，是周代礼乐制度下"诗"的使用与传承方式。

春秋末年礼崩乐坏，失去现实政治功用的《诗》在外交场合失去了用武之地，只能作为国子接受教育的基础课本被使用，或借助于私学的师徒相授在民间传承。之前借助于礼乐制度与典礼仪式发挥政治教化功能的《诗》，在失去礼乐制度的支持之后，就走上了伦理化、德义化的发展之路。

人们对于"六诗"的解释，也朝着消解其音乐性的德义化方向演变。于是，汉代末年郑玄注《周礼》时，原本由乐官传承的、与音乐技艺训练密切关联的"六诗"，就演变成了六种与政治教化密切关联的讽喻与歌颂的手段：

> 风，言贤圣治道之遗化也；赋之言铺，直铺陈今之政教善恶。比，见今之失，不敢斥言，取比类以言之；兴，见今之美，嫌于媚谀，取善事以喻劝之；雅，正也，言今之正者，以为后世法；颂之言诵也、容也，诵今之德，广以美之。

郑玄把"风"当作先王教化的遗存，把"赋"当作对政教善恶的直接陈述，把"比"和"兴"分别解释为对政教之恶与政教之善的譬喻。把"雅"和"颂"当作对典范政治的赞美与歌颂。除了原本就没有多少音乐性的"赋"之外，其他五"诗"中的音乐性都被完全剥离，变成了纯粹政教化的讽、颂手段，从中我们完全看不到由大师教授给瞽蒙的"六诗"当中有任何与音乐技艺相关的内容。但是，这一看上去偏离了"六诗"为技艺性传诗方法的解释背后，却包含着郑玄对周代礼乐制度深刻的理解。因为大师与瞽蒙的音乐性技艺，在当时都是基于政治教化的目的而存在的。《国语·周语上》召公进谏厉王时说过这样一段话：

> 为川者决之使导，为民者宣之使言。故天子听政，使公卿至于列士献诗，瞽献曲，史献书，师箴，瞍赋，蒙诵，百工谏，庶人传语，近臣尽规，亲戚补察，瞽史教诲，耆艾修之，而后王斟酌焉。是以事行而不悖。

这是对周代礼乐制度下讽谏系统的介绍与描述，其中的瞽、师、瞍、蒙，都可归入乐官系列。他们的献曲赋诵，都不仅仅只是满足仪式上歌诗奏乐的需要，更为重要的，是歌诗奏乐背后所蕴含的补察政教的目的。换句话说，瞽蒙等乐官的献诗赋诵，都是天子听政的基本手段。因此，对于乐官，除了要有精通音律的音乐才能之外，还要有符合政教需要的政治素质，这就是《周礼》记述大师职责时所说的"以六德为之本"。所谓"六德"，即智、仁、圣、义、忠、和。其中智指聪明智慧明于事理，仁指仁厚亲人爱人及物，圣指博通古今察微知著，义指做出的决断符合道义，忠指言语行动表里如一，和指恰到好处不刚不柔。接受"六德"之教的瞽蒙，以音乐为工具，通过歌诗奏乐，担负着宣传圣王功德、规谏政教之失的重要任务。礼崩乐坏之后，失却了礼乐文化的现实基础，郑玄以"诗者，弦歌讽谕之声也"（郑玄《六艺论》）的认识为基础，立足于周代礼乐制度下瞽献曲、师箴、瞍赋、蒙诵中所包含的政教功能，对"六诗"的内涵进行挖掘和解释，有其合理的文化基础。因此，郑玄对于"六诗"的解释，奠定了后世阐释"赋比兴"的理论基础。

除了《周礼》"六诗"系统之外，"赋比兴"也出现在《毛诗序》的"六义"系统当中："诗有六义焉：一曰风，二曰赋，三曰比，四曰兴，五曰雅，六曰颂。上以风化下，下以风刺上，主文而谲谏，言之者无罪，闻之者足以戒，故曰风。"但是在罗列"六义"之名后，《毛诗序》却只解释了风、雅、颂，完全没有涉及赋、比、兴。后人于是多取郑玄对"六诗"的解释来理解"六义"。但是，与《周礼》语境下的"六诗"并列不同，在《毛诗序》的框架内，风、雅、颂与赋、比、兴显然不在同一个意义层面上。《毛诗序》的主旨在于说《诗》之"义"。而对"义"的重视，

自然承自春秋时代"《诗》《书》，义之府也"的认识而来，是崇尚《诗》
之德义内涵的集中体现。因此，《毛诗序》的"六义"，应该来自于《周
礼》的"六诗"。《毛诗序》取"六诗"之实而冠以"六义"之名的做法，
折射出了一种过渡时代的特点：在这个时代，以大师"六诗"之教为主导
的礼乐教化已经崩坏，但"六诗"礼乐之教的影响依然留存；"六义"所
标举的重视德义之教观念已经建立，但尚未形成完备的诗教理论。于是，
处于过渡时期的《诗序》的作者，只能基于旧有观念提出"新"的主张，
在因循沿革中表现出了转向的趋势与努力。

    《毛诗序》说"诗有六义"，却只解释"风雅颂"而不涉及"赋比兴"
的做法，给后人说《诗》带来了诸多困扰。郑玄既注《周礼》，也注《毛
诗》，但他却只注释了"六诗"而未解释"六义"。于是，"赋比兴"如
何体现在《诗经》中的问题，就受到了其弟子的追问。在郑小同记录郑玄
及其弟子问答之语的《郑志》中，有这样一段话：

    张逸问："何诗近于比赋兴？"答曰："比赋兴，吴札观诗
已不歌也，孔子录《诗》，已合风雅颂中，难复摘别，篇中义多兴。"

    张逸应该是郑玄的学生，他见《诗》中只有风、雅、颂而不见赋、比、
兴，于是问郑玄哪些诗近似于赋、比、兴，郑玄说从季札观乐时赋比兴就
已经没有被唱了，孔子在录《诗》的时候，赋、比、兴都被合并到风、雅、
颂中了。从这段答语可知，郑玄认为赋比兴原来和风雅颂一样，都是诗篇
之名，只是从吴公子季札观乐时，赋比兴之歌就已经不唱了，孔子在整理《诗
三百》时，将赋比兴合并在风雅颂当中，所以后人难以辨别了。这样的解

释虽然未必恰当，却符合"赋比兴"与"风雅颂"并称为"六义"的逻辑，也与他对"六诗"的解释相对应。但是孔颖达在《毛诗正义·关雎序》疏中引述《郑志》的说法之后，却对郑玄的意思做了另一番解释：

> 逸见《风》《雅》《颂》有分段，以为比赋兴亦有分段，谓有全篇为比，全篇为兴，欲郑指摘言之。郑以比赋兴者，直是文辞之异，非篇卷之别，故远言从本来不别之意，言"吴札观《诗》已不歌"，明其先无别体，不可歌也。"孔子录《诗》已合风雅颂中"，明其先无别体，不可分也。元来合而不分，今日"难复摘别"也。言"篇中义多兴"者，以《毛传》于诸篇之中每言兴也，以兴在篇中明，比赋亦在篇中，故以兴显比赋也。若然，比赋兴元来不分，唯有《风》《雅》《颂》三诗而已。

郑玄原本清晰明确的"赋比兴"与"风雅颂"并列的观念，被孔颖达解释成了比赋兴只是文辞方面表现出来的差异，不像风雅颂一样篇卷有别。孔颖达之所以要改造郑玄的说法，这是因为他对"六义"做出了一个完全不同于郑玄的新解释：

> 风、雅、颂者，诗篇之异体；赋、比、兴者，诗文之异辞耳。大小不同而得并为六义者，赋、比、兴是诗之所用，风、雅、颂是诗之成形，用彼三事，成此三事，是故同称为义，非别有篇卷也。

风雅颂被解释成为不同的诗体，而赋比兴变成了风雅颂三体所使用的表达方式，这就是"三体三用"说，也有人称之为"三经三纬"说。孔颖达看到了"六义"当中"风雅颂"与"赋比兴"的不对等，因此，他基于《毛诗序》的语义框架以及《诗经》篇章的实际情况，对已经发生分化的"风雅颂"与"赋比兴"做分类论说。"三体""三用"的分别，消解了从"六诗"到"六义"的过渡中出现的矛盾，让《毛诗序》开始搭建的儒家诗学阐释系统真正建立起来并趋于完善，对后世的诗学发展产生了深远的影响。

实际上，从《周礼》的"六诗"到《毛诗序》的"六义"，再到孔颖达提出"三体三用"之说，人们对于"赋比兴"意义的理解并不存在一个一以贯之的看法，这种变动一直延伸到宋代朱熹时才最终稳定下来。

在《周礼》"六诗"中，"赋比兴"是与"风雅颂"并列的、音乐性突出的传诗技艺与方法。"赋"是与"风"的"主文而谲谏"相对应的，不加入器乐因素的直陈其事，就《诗》而言，其中的每一首诗，均可成为"赋"的对象。有一种影响深远的说法，叫作"不歌而诵谓之赋"，赋和诵一样，都是不加入器乐伴奏的人声讽诵。《左传·襄公十四年》就记载了一件因为"诵"诗引发政治事件的故事：卫献公准备宴请孙文子和宁惠子，他俩人从一早穿戴整齐在朝堂上等待，可是过了中午，卫献公还不召见，却去园子里射大雁去了。孙文子和宁惠子跟着去了，卫献公没有依礼脱掉打猎时戴的皮帽子就和孙文子、宁惠子说话。卫献公的失礼惹怒了孙文子和宁惠子。后来，孙文子的儿子孙蒯进宫侍奉，卫献公赐孙蒯喝酒，同时让乐官大师给孙蒯唱《巧言》的最后一章。因为这一章的内容是："彼何人斯？居河之麋。无拳无勇，职为乱阶。既微且尰，尔勇伊何？为犹将多，尔居徒几何？"（究竟那是何人啊？居住在河边。没有力量没有勇气，只为祸乱制造机缘。小腿生疮脚浮肿，你的勇气在哪里？谋虑似乎还不少，你的随从有几个？）讽刺的意义非常明显。秉持"六德为本"的大师深知歌唱这一章诗将要带来的严重后果，于是推辞不唱。可是曾经被卫献公鞭打过因而心怀怨恨的师曹，想要借机激怒孙家的人来替自己报仇，于是主动要求承担任务。孙文子被激怒造反，卫献公于是被赶出卫国，十二年后才得返国复位。在这件事情中，有一个很有意思的细节，就是卫献公本来要求大师"歌"《巧言》的最后一章，但师曹在毛遂自荐之后，擅自改成了"诵"。因为和与器乐配合的"歌"相比，没有器乐伴奏的"诵"，是一种更容易让人听懂的方式。

与"赋"一样，"比"的众人合唱与"兴"的领唱和歌，都是倾向于音乐技艺性而非品类区分的用《诗》方式。因此，在"六诗"所依赖的礼乐制度分崩离析之后，"六诗"中的"风雅颂"，因为偏向于音乐品类区分的特点，与《诗》中相应的篇章建立联系，传诗方式遂演化为诗体之名。而更倾向技艺性的"赋比兴"，则在向"六义"的转化中，逐渐向语言艺术的表现方式转变。在直陈其事的"赋"借助于"贤人失志之赋"而创为新体之后，以赋诗言志时引譬连类的用诗之法为桥梁，"六诗"的"比"和"兴"也开始向"六义"的比、兴转变，并对文人的创作发生实际的影响。王逸在《楚辞章句》中总结屈原的创作风格时说：

> 《离骚》之文，依《诗》取兴，引类譬谕。故善鸟香草以配忠贞，恶禽臭物以比谗佞；灵修美人以媲于君，宓妃佚女以譬贤臣；虬龙鸾凤以托君子，飘风云霓以为小人。其词温而雅，其义皎而朗。凡百君子，莫不慕其清高，嘉其文采，哀其不遇而闵其志焉。

王逸的这段话，说明了《离骚》依《诗》取兴、以兴兼比的倾向，和春秋末年"《诗》可以兴"的观念一脉相承。汉代以后，以《离骚》为代表的楚辞之风盛行，而在《诗经》的传承过程中，"毛公述传，独标兴体"的经学阐释方式，也让"比"和"兴"受到了学者们的关注。东汉前期的郑众已经开始对"比"和"兴"进行区分，并且把"比"和"兴"视为语言艺术的两种方式："比者，比方于物。兴者，托事于物。"（《周礼》"六诗"郑玄注引）之后郑玄注《周礼》"六诗"，立足于《诗经》的政治讽喻传统，又从美刺两个角度区分"比"和"兴"："比，见今之失，不敢斥言，取比类以言之。兴，见今之美，嫌于媚谀，取善事以喻劝之。"郑玄的解释虽然在后世影响很大，却没有改变郑众的区分所导致的"比"和"兴"逐渐脱离美刺讽谕、朝着纯粹的语言表现方式转变的轨迹。

到西晋挚虞作《文章流别论》，引用《周礼》"六诗"以及《毛诗序》对风雅颂的解释之后接着说："赋者，敷陈之称也；比者，喻类之言也；兴者，有感之辞也。"名义上是依"六诗"立论，但具体的解释显然是在"六义"的理论背景下展开的。这实际上可以视为"三体三用"说的理论萌芽。之后，刘勰《文心雕龙·比兴》专论"比兴"，仍从《毛诗》"六义"说起：

> 《诗》文弘奥，包韫六义。毛公述传，独标兴体。岂不以风通而赋同，比显而兴隐哉？故比者，附也。兴者，起也。附理者切类以指事，起情者依微以拟议，起情故兴体以立。附理，故比例以生。比则畜愤以斥言，兴则环譬以托讽。盖随时之义不一，故诗人之志有二也。观夫兴之托谕，婉而成章。称名也小，取类也大。……比之为义，取类不常，或喻于声，或方于貌，或拟于心，或譬于事。……若斯之类，辞赋所先，日用乎比，月忘乎兴。

习小而弃大，所以文谢于周人也。

这一段专论比兴的文字，与之前的不同，主要表现在"兴"与"情"、"比"与"理"的关联，以及重"兴"而轻"比"的观念。文后的赞语中，更是出现了以"比兴"连言的先例："诗人比兴，触物圆览。"刘勰的《比兴》，实际上上承王逸，开创了后世以"比兴"混言而侧重于"兴"的诗学阐释方向。

至钟嵘《诗品》，开始出现"诗有三义"的说法：

> 诗有三义焉：一曰兴，二曰比，三曰赋。文已尽而义有余，兴也；因物喻志，比也；直书其事，寓言写物，赋也。弘斯三义，酌而用之，干之以风力，润之以丹彩，使咏之者无极，闻之者动心，是诗之至也。

与此前论"赋比兴"必然关联"风雅颂"以及"六义"不同，钟嵘的"诗有三义"说，在文学自觉、诗歌创作全面发展的齐梁时代，超越《诗》学理论的束缚，在更广义的"诗"学范围内，纯粹从文学创作的角度阐释"赋比兴"的理论先河。这一理论直接影响了孔颖达对"赋比兴"的定位。以"三体三用"说为理论基础，孔颖达在《毛诗正义·关雎序疏》中，整合先儒对于"赋比兴"的论述，提出了自己的观点：

> 郑以"赋之言铺也"，铺陈善恶，则诗文直陈其事，不譬喻者，皆赋辞也。郑司农云："比者，比方于物。"诸言如者，皆比辞也。司农又云："兴者，托事于物。"则兴者，起也，取譬

引类，起发己心，诗文诸举草木鸟兽以见意者，皆兴辞也。赋比兴如此次者，言事之道，直陈为正，故《诗经》多赋在比兴之先。比之与兴，虽同是附托外物，比显而兴隐，当先显后隐，故比居兴先也。毛传特言"兴也"，为其理隐故也。

这一段论述，于"赋"取郑玄之说，于"比"和"兴"，则取郑众之辞。又根据言说的基本原则，论证了以"赋比兴"次序排列的意义，"比""兴"的联系与区别，同时还回答了"毛公述传，独标兴体"的原因。可以说，孔颖达的这一段论述，既是对此前儒家《诗》学理论的总结，同时也明显接受了来自于六朝文论的影响，把"赋比兴"明确视为诗歌的表现手法，在儒家《诗》论的框架中，完成了"赋比兴"由《诗》学阐释理论向文学创作论的转变。自此之后，"赋比兴"作为诗歌创作的表现方法，对于各体文学的创作都产生了深远的影响。

孔颖达之后，朱熹作《诗集传》时，在涵咏篇章之际，把"赋""比""兴"分别定义为"敷陈其事而直言之也"，"以彼物比此物也"，"先言他物以引起所咏之辞也"。这一说法对后世产生了深远的影响并且一直沿续至今，成为解释"赋比兴"时最常使用的定义。

第三节 兴观群怨——文学社会功能的经典表达

《论语·阳货》记载了孔子的这句话："小子何莫学夫《诗》？《诗》可以兴，可以观，可以群，可以怨。迩之事父，远之事君，多识于鸟兽草木之名。"这一句话，是身处春秋末年的孔子对于《诗》所承载的社会文化功能的总结。其中"多识于鸟兽草木之名"，说的是学《诗》致知的认识功能。"兴""观""群""怨"等，说的则是《诗》在当时所承担的调节各种关系，维系社会运行秩序的文化功能。

"《诗》可以兴"当如何理解，是学界争论很多的问题。孔安国注说："兴，引譬连类。"邢昺疏说："《诗》可以令人引譬连类，以为比兴也。"朱熹注说："感发意志。"至杨伯峻《论语译注》，则直释为"联想，由此而想及彼"。《论语·八佾》中的一个例子，通常被当作"《诗》可以兴"的例证：

> 子夏问曰："'巧笑倩兮，美目盼兮，素以为绚兮。'何谓也？"子曰："绘事后素。"曰："礼后乎？"子曰："起予者商也！始可与言《诗》已矣。"

子夏请教孔子"巧笑倩兮，美目盼兮，素以为绚兮"的诗义，孔子说以"绘事后素"，即先有白色底子然后绘画。子夏由此联想到了"礼后"的问题，即礼乐产生于仁义之后，这是一种典型的联想式类推。因此，包咸在注《论语》时，就直接把"兴"解释为"起"，即启发联想。类似的事情也曾发生在孔子与子贡之间：

> 子贡曰："贫而无谄，富而无骄，何如？"子曰："可也。未若贫而乐，富而好礼者也。"子贡曰："《诗》云'如切如磋，如琢如磨'，其斯之谓与？"子曰："赐也！始可与言《诗》已矣，告诸往而知来者。"（《论语·学而》）

这里子贡向孔子请教怎么评价能够在贫穷时不巴结奉承、在富贵时不骄傲自大的人，孔子说，这样是可以，但是还不如那些贫穷却能乐道、富贵却能好礼的人。这时子贡联想到了诗句"如切如磋，如琢如磨"，问孔子这句诗是不是讲的就是这个道理。孔子于是称赞他说："赐啊，现在可以同你讨论《诗》了，因为告诉你过去的事，你能够举一反三，知道将来的事情了。""告诸往而知来者"，就是"《诗》可以兴"之"兴"。从这两个例子可知，这是一种通过"引譬连类"的类比联想，把《诗》与政教义理关联起来的解《诗》、用《诗》之法。

而这种解《诗》方法，直接来源于春秋时代赋诗言志的用《诗》方法。赋诗言志，实际上就是通过类比联想，把所要表达的意思依附于具有某种相似性的诗句中。比如鲁襄公十四年（前559）夏，诸侯军队在晋国六卿率领下讨伐秦国，但是到泾水之后，却停了下来。晋国的叔向去见鲁国的叔孙穆子，"穆子赋《匏有苦叶》，叔向退而具舟"（《左传·襄公十四年》）。为什么听到叔孙穆子赋《匏有苦叶》，叔向就回来准备渡河的舟楫呢？因为《匏有苦叶》诗中有这样的句子："匏有苦叶，济有深涉。深则厉，浅则揭。"匏瓜上连着苦叶，济水河有深有浅，水深的地方涉水过河，水浅的地方提起裤脚。叔孙穆子赋此诗，就是通过其中的"深则厉，浅则揭"表达必将渡河的决心，叔向正是准确理解了穆子的心意，所以回来后才做了准备舟楫的工作。春秋时代各种场合下断章取义的赋诗言志，都可以从类比联想的"兴"的角度得到合理的解释。

"《诗》可以兴"，从用诗者的角度，概括了春秋时代赋诗言志风气下《诗》通过类比联想发挥社会作用的方式。而这个"兴"，实际上包含了后世所言"比"和"兴"的内容。因此，邢昺在《论语注疏》中解释"《诗》可以兴"时，直接使用了"比兴"一词："《诗》可以令人引譬连类，以为比兴也。"从这个意义上说，"《诗》可以兴"，也架起了《周礼》"六诗"中的比兴向《毛诗序》"六义"之比兴过渡的桥梁。

从用《诗》者的角度而言，可以通过"兴"的方式，把《诗》与政教义理联系起来，表达相应的思想；那么，从听诗者的角度而言，借助于《诗》，自然也可以体察用《诗》者的心意。这就是所谓的"《诗》可以观"。《论语·先进》记载了这样一件事："南容三复白圭，孔子以其兄之子妻之。"为什么南容重复三次"白圭之玷"，孔子就把哥哥的女儿嫁给他呢？《史记集解》引用孔安国的话道出了原因："《诗》云：'白圭之玷，尚可磨也；斯言之玷，不可为也。'南容读《诗》至此，三反之，是其心敬慎于言。"孔子通过南容"三复白圭"的行为，察知南容具有"敬慎于言"的性格特点。"口开舌举，必有祸患"（《老子》河上公注），南容敬慎于言自然不会惹祸上身，孔子把侄女嫁给一个如此稳妥可靠之人，也就是理所当然了。这是"《诗》可以观"在现实中的应用。

从《诗》可观一人之志，亦可观一国之志，《左传·昭公十六年》记载了晋国的韩起聘于郑时发生的一次请郑六卿"皆赋""以知郑志"的事情：

> 夏四月，郑六卿饯宣子于郊。宣子曰："二三君子请皆赋，起亦以知郑志。"子齹赋《野有蔓草》。宣子曰："孺子善哉！吾有望矣。"子产赋《郑》之《羔裘》。宣子曰："起不堪也。"子大叔赋《褰裳》。宣子曰："起在此，敢勤子至于他人乎？"子大叔拜。宣子曰："善哉，子之言是！不有是事，其能终乎？"

子游赋《风雨》，子旗赋《有女同车》，子柳赋《萚兮》。宣子喜，
曰："郑其庶乎！二三君子以君命贶起，赋不出郑志，皆昵燕好也。
二三君子、数世之主也，可以无惧矣。"宣子皆献马焉，而赋《我
将》。子产拜，使五卿皆拜，曰："吾子靖乱，敢不拜德！"

韩起到达郑国开始访问是三月，这次发生在四月的饯于郊，应是一场
送别的宴会。韩起想要通过郑国六卿的赋诗了解郑国的心意，六卿所赋的
《野有蔓草》《羔裘》《褰裳》《风雨》《有女同车》《萚兮》，都是《郑风》
当中表达赞美、交好以及亲昵之情的诗歌，韩起由此了解到郑国欲与晋国
交好的心愿，于是赋《周颂·我将》作为应答。《我将》诗说："仪式刑
文王之典，日靖四方……我其夙夜，畏天之威，于时保之。"其中有遵守
文王之道靖乱安国的意思，所以子产要以"吾子靖乱，敢不拜德"来答谢。
这里，韩起通过郑国六卿的赋诗来观"郑志"，其理论基础就是"《诗》
以言志"，不出赋诗言志的范围。除此之外，孔子的"《诗》可以观"，
还包括观民风的内容，这就是上博简《孔子诗论》所说的"邦风其纳物也，
溥观人俗焉"，这是对周代采诗观风思想的直接继承。

"《诗》可以观"与"《诗》可以兴"相互关联，都由春秋时代赋诗
言志的用诗法而来。具体地说，它是在采诗观风思想的基础上，综合春秋
时代赋诗观志的用诗实践而提出来的，是对春秋时代观志、观风思想更为
综合、更为抽象的概括。

"兴"与"观"直接关联于赋《诗》言志的春秋用《诗》之法，是对
《诗》在文化交流中所承担的社会功能的总结。而"群"与"怨"，则更
倾向于《诗》在调节群体与个体关系中所发挥的社会作用。

　　那么，什么是"群"？孔安国注为"群居相切磋"，杨伯峻《论语译注》则译为"可以锻炼合群性"。《诗》如何来"锻炼合群性"呢？《荀子·王制》表达过这样的思想：人的力量不如牛，速度不如马，可是牛和马都能为人所用，为什么呢？因为"人能群，彼不能群也"，而所谓的"君"，就是"善群也"。杨倞在注"善群"时说："善能使人为群者也。"这里的"群"，指通过协调众人使之组成具有一定秩序的群体关系的能力。人之所以能支配和使用体能强于自己的牛马，在于人能够依据礼制的规定别同异、等贵贱，协调相互之关系，从而结成有一定组织的社会群体。人为什么能群？荀子也解释了原因："人何以能群？曰：分。分何以能行？曰：义。"因为人有名分，而使名分成为可能的根源则在于礼义。《汉书·刑法志》也有"能群"的说法："故不仁爱则不能群，不能群则不胜物，不胜物则养不足。""能群"的前提是"仁爱"。那么，孔子"《诗》可以群"的前提是什么呢？《论语·阳货》记载了这样一个故事：

　　　　子之武城，闻弦歌之声。夫子莞尔而笑，曰："割鸡焉用牛刀？"子游对曰："昔者偃也闻诸夫子曰：'君子学道则爱人，小人学道则易使也。'"子曰："二三子！偃之言是也。前言戏之耳。"

　　武城宰子游弦歌诗诵来教化人民，孔子听到弦歌之声，微笑着说子游是大材小用，子游以孔子先前的教诲之言来回应。这里的"爱人"与"易使"，可理解为"《诗》可以群"的结果和表现。由此而言，孔子的"《诗》可以群"，落脚点仍然在协调社会关系上。对孔子来说，《诗》是承载着周代礼乐文明的文化载体，是周代礼乐制度的组成部分，依据一定礼乐规范的赋诗、奏诗,在协调群体关系中发挥着相当重要的作用。《礼记·乐记》说:"礼者,殊事合敬者也;乐者,异文合爱者也;礼乐之情同,故明王以相沿也。"礼是通过不同的仪式教人互敬,乐是通过不同的音律教人互爱,礼与乐具有相同的社会功能。作为礼与乐结合的产物,《诗》所承载的礼乐内涵,在协调个人与群体的关系时,也必然可以发挥积极的作用。

"兴""观""群"在孔子的言说系统中都与礼乐道德的内容相关联,"怨"也不例外。在《论语》中,"怨"被多次提及。一方面,孔子认为一个人只有不被他人怨恨时才可称为仁人君子,如"伯夷、叔齐不念旧恶,怨是用希"(《公冶长》),"己所不欲,勿施于人。在邦无怨,在家无怨"(《颜渊》),"躬自厚而薄责于人,则远怨矣"(《卫灵公》)等。另一方面,他又认为君子仁人本身也不应有"怨",如"事父母几谏,见志不从,又敬不违,劳而不怨"(《里仁》),"求仁而得仁,又何怨"(《述而》),"君子惠而不费,劳而不怨,欲而不贪,泰而不骄,威而不猛"(《尧曰》)等。就君子人格修养的最终理想而言,对于"怨"情,孔子是持否定态度的。周代礼乐制度的核心本质,就是通过各种方式消弭社会各阶层中个体内心的种种对立,使个体服从礼的规定,安服天命,无怨无怼,从而维护亲亲尊尊的伦理统治秩序。因此,从本质上讲,"怨"作为一种对立的情绪,与周礼对人的规定之间存在一定的差距。

但是,"怨"作为人类普遍的一种情感,又是人们的愿望不能满足时产生的正常的心理反应。因此,就现实生活中的人而言,有所怨又是无可厚非的。因此,在论述君子仁人的理想人格时孔子对"怨"的否定以及他对"无怨"的肯定,都不能说明他对现实生活中的各种"怨"情也持否定的态度。实质上,以"中庸"为"至德"的孔子不可能完全否定"怨"这种感情。相反，他不仅不反对"怨"情的正常表达，反而对此有过十分明确的肯定："匿怨而友其人，左丘明耻之，丘亦耻之。"（《公冶长》）也就是说，孔子所说的君子"劳而不怨""贫而无怨"，都指一种发自内心的真实感受，而不是由于"匿怨"所造成的"无怨"的假象。因此，孔子又说"唯仁者能好人，能恶人"（《里仁》）。在《论语》中，我们看到的是一个爱憎情感都表现得相当鲜明的孔子，如"恶紫之夺朱也，恶郑声之乱雅乐也，恶利口之覆邦家者"（《阳货》），如"八佾舞于庭，是可忍也，孰不可忍也"（《八佾》）。在冉求为季氏敛财时，孔子愤怒地说："非吾徒也。小子鸣鼓而攻之可也。"（《先进》）由此可知，孔子虽然追求"无怨"的道德境界，但是，当面对现实的社会生活以及生活中种种令人怨恚的事情时，孔子的态度相当明确，那就是"可以怨"。

孔安国以"怨刺上政"注解"《诗》可以怨"，《诗经》中的许多作品，的确是出于"怨刺上政"的目的被创作或者采集的。但是，从许多作品的实际内容来看，"怨刺上政"并非其创作的最初动机。《淮南子·本经训》说："人之性，有侵犯则怒，怒则血充，血充则气激，气激则发怒，发怒则有所释憾矣。""发怒则有所释憾"是人的心理机制活动的自然规律。"君子作歌，维以告哀"的《小雅·四月》，就是一篇通过"告哀"来渲泄心中不平之气的抒怨作品。除此之外，《魏风·园有桃》的"心之忧矣，我歌且谣"，《王风·黍离》的"知我者，谓我心忧"等，都真实地抒发了诗人心中的忧怨之情，因而具有感动人心的力量。实质上，在先秦时代，人们对于诗与乐所具有的释憾抒怨、渲泄情感的功能已经有了相当深刻的认识，如《管子·内业》中就有"止怒莫若诗，去忧莫若乐"的说法。因此，孔子的"可以怨"，并不是狭义的指向"怨刺上政"这个唯一目的，它同时也包含了以诗抒怨的意义。《史记·孔子世家》记载了季桓子接受齐国女乐，孔子因此愤而去鲁的故事：

> 孔子遂行，宿乎屯。而师己送，曰："夫子则非罪。"孔子曰："吾歌可夫？"歌曰："彼妇之口，可以出走；彼妇之谒，可以死败。盖优哉游哉，维以卒岁！"师己反，桓子曰："孔子亦何言？"师己以实告。桓子喟然叹曰："夫子罪我以群婢故也夫！"

孔子在离开鲁国时，做《去鲁歌》来抒发自己的愤怒。这首《去鲁歌》虽然不属于《诗》，却较为典型地诠释了孔子《诗》"可以怨"的诗学主张，其中既有怨刺上政的意义，也包含着歌以抒怨的情感渲泄目的。

托《诗》以抒怨，使个体内心的怨怼之情得到渲泄而终至于平和，进而有效地维持既有的社会秩序，也就实现了诗歌"可以群"的社会功能。从这个意义上说，"怨"与"群"构成了"兴"与"观"之外的又一组相辅相成、对立统一的概念范畴。汉代以后，随着文学的品格逐渐走向独立，诗歌怨刺上政的观念渐居次位，情感渲泄的功能则得到了进一步的强化。南朝梁钟嵘在《诗品序》中即把渲泄情感作为诗歌最主要的功能来加以讨论，他说：

> 嘉会寄诗以亲，离群托诗以怨。至于楚臣去境，汉妾辞宫；或骨横朔野，或魂逐飞蓬；或负戈外戍，杀气雄边；塞客衣单，孀闺泪尽；或士有解佩出朝，一去忘返；女有扬蛾入宠，再盼倾国。凡斯种种，感荡心灵，非陈诗何以展其义；非长歌何以骋其情？故曰："诗可以群，可以怨。"使穷贱易安，幽居靡闷，莫

尚于诗矣。

当人们依凭诗歌展义骋情之后，感荡心灵的情绪得以排遣，从而达到"穷贱易安，幽居靡闷"的调节效果。钟嵘的这段论述，在突出诗歌寄情抒怨的情感渲泄功能时，较为深刻地揭示了"可以怨"与"可以群"之间的内在关联。

无论是"兴"与"观"，还是"群"与"怨"，它们最终都指向了特定的礼乐道德内容，是为维护既有的社会秩序服务的。《论语·颜渊》记载齐景公向孔子请教如何理政，孔子回答说："君君，臣臣，父父，子子。"君臣父子关系，构成了周代社会政治秩序的主轴。所以，孔子在论说《诗》"可以兴，可以观，可以群，可以怨"之后，以"迩之事父，远之事君"来概括《诗》的用途，实质上就把《诗》的社会功能抬高到了无以复加的程度。经过汉魏时期文学自觉过程中由"《诗》"到"诗"的拓展，人们对于"兴观群怨"的解释，也突破《诗》学阐释的局限，成为更广义的诗歌社会功能的概括。蕴含于"兴观群怨"当中的对于文学政教功能的强调，和"诗言志"一起，为中国文学涂上了永远抹不掉的政教底色。

第四节　"温柔敦厚而不愚"——中国文学的精神风貌与内在原则

《礼记·经解》开篇有这样一段话：

孔子曰："入其国，其教可知也。其为人也，温柔敦厚，《诗》

教也；疏通知远，《书》教也；广博易良，乐教也；洁静精微，
《易》教也；恭俭庄敬，礼教也；属辞比事，《春秋》教也。故《诗》
之失，愚；《书》之失，诬；《乐》之失，奢；《易》之失，贼；
《礼》之失，烦；《春秋》之失，乱。其为人也，温柔敦厚而不愚，
则深于《诗》者也。疏通知远而不诬，则深于《书》者也。广博
易良而不奢，则深于《乐》者也。洁静精微而不贼，则深于《易》
者也。恭俭庄敬而不烦，则深于《礼》者也。属辞比事而不乱，
则深于《春秋》者也。"

这段话以孔子的口吻，讨论了六经之教的特点及优劣短长，以《诗》
教化，可以让人温柔敦厚，但容易出现"愚"的弊端，只有真正精深于《诗》
的人，才能做到"温柔敦厚而不愚"。

在说"温柔敦厚而不愚"之前，需要先讨论一下这里的"孔子曰"。
实际上，《礼记》中出现的许多"孔子曰"，并不意味着这些话真的出自
孔子之口。当年鲁穆公与孔子的孙子子思就这个问题进行过讨论，《孔丛
子·公仪》记载了这件事：

穆公谓子思曰："子之书所记夫子之言，或者以谓子之辞。"
子思曰："臣所记臣祖之言，或亲闻之者，有闻之于人者。虽非
正其辞，然犹不失其意焉。且君之所疑者何？"公曰："于事无
非。"子思曰："无非，所以得臣祖之意也。就如君言以为臣之
辞，臣之辞无非，则亦所宜贵矣。事既不然，又何疑焉？"

鲁穆公就所传言的子思书中出现的孔子的话实际上是子思自己所说一

事求证于子思，子思"虽非其正辞"的答语，等于已经承认了那些被标记为"子曰"的话并不是孔子的原话，他在后面所说的"就如君言以为臣之辞，臣之辞无非，则亦所宜贵矣"等语，实际上是退守之后的反击：即使如您所言是我自己的说辞，我的说辞无一不是，那也是应该受到重视的。这个故事说明，除了《论语》中的"子曰"之外，出现在《礼记》等其他著作中的"子曰"，都不可轻易就认定出自孔子之口。它们只是儒学分裂的后孔子时代，孔子的众多弟子及其后学为了增加自己学说的权威性与说服力而采取的一种特殊的表达方式而已。

但是，即便如此，出现于《礼记·经解》中的"温柔敦厚，《诗》教也"以及"温柔敦厚而不愚"，作为《诗》学史上的重要命题，并不因托言于孔子而有损其价值。这个命题深刻地总结了由《诗》所建立起来的崇尚中正平和的艺术风格与审美精神，并对后世文学的发展产生了深远的影响。

那么，什么是"温柔敦厚"？孔颖达《礼记注疏》说"温谓颜色温润，柔谓情性和柔"，一个人具有温润的颜色，和柔的性情，诚朴仁厚的品德，这就是"温柔敦厚"。温柔敦厚的品行，来自于《诗》的教化。而《诗》教之所以能带来"温柔敦厚"的教化效果，则缘自于《诗》本身所具有的"乐而不淫，哀而不伤""发乎情，止乎礼义"的中正平和的文化性格。

在西周春秋时代，由乐官瞽蒙职掌的"六诗之歌"，需要"以六德为之本"。所谓"六德"，就是指智、仁、圣、义、忠、和，这与温柔敦厚的品行之间存在着必然的因果关联。除了"六诗"之外，周朝的乐官还承担着以"乐德""乐语""乐舞"教育国子的职责。"乐德"即"中、和、祗、庸、孝、友"，"乐语"即"兴、道、讽、诵、言、语"，"乐舞"指《云门》《大卷》等"六代乐舞"。周代的国子之教，除了音乐舞蹈等技艺方面的专业训练之外，非常注重"德"的养成。瞽蒙系统的"六德"，与国子之教中的"乐德"具有内在的共通性。而"乐语"之教所使用的课本，就是乐官系统通过"六诗"之教传承的乐歌歌辞文本。

"乐德""乐语""乐舞"之教，除了音乐舞蹈技艺方面的专业训练之外，就是培养具有中正平和、守礼有节的有用之材。自小接受"乐德""乐语"之教的国子，一方面具有理解和执行礼乐仪式的行动能力，另一方面也具有引诗用诗乃至作诗的语言能力。《毛诗序》所说的"伤人伦之变，哀刑政之苛，吟咏性情以风其上"，就是指以温和而不过激的态度来批评人伦之变、刑政之苛。无论是"主文而谲谏"的风刺之诗，还是"言王政之所由废兴"的雅正之歌，最基本的特点就是"发乎情，止乎礼义"。这是以"中""和"为基本内容的周代乐德之教对献诗讽谏行为的要求与制约，同时也内化成为诗人吟咏情性、讽刺时政时必然呈现的风格与特点。因此，在他们的作品中，我们看到的是以德为本，"发乎情，止乎礼义"的反复规劝与谆谆教诲。如在"刺厉王"的《民劳》中，有对采用怀柔政策、遏止强虐暴政，不要让民众忧心、朝政昏败的反复申述；在"刺幽王"的《瞻卬》中，也表达着不做愧对先祖的昏乱之事，以此解救子孙免遭苦难的规劝与期盼。当这些依违讽谏、中正平和的歌辞被集结为《诗》，作为教育国子的课本时，《诗》教的接受者也必然会在潜移默化中养成温润平和、诚朴仁厚的性格特点。用《经解》的话说，就是"其为人也，温柔敦厚，《诗》教也"。可以说，温柔敦厚的教化结果来自于温柔敦厚的文化本身。温柔敦厚是周代文化所倡导、并由儒家发扬光大的"中庸"思想在诗歌艺术风格上的体现。

今天人们讲到"中庸"，往往把它同没有立场与原则的折中、平庸联系起来，甚至直接理解为"中等庸人"。但是，周代文化崇尚的中庸之道，实际上是指一种具有理想色彩的中正持久、无过无不及的治世哲学。孔子对此推崇备至："中庸之为德也，其至矣乎。民鲜久矣。"（《论语·雍也》）朱熹《论语集注》引程颐语解释了"中庸"的含义："不偏之谓中，不易之谓庸。中者，天下之正道。庸者，天下之定理。"这就是说，"中庸"是指以中正为原则，符合天道人事运行规律的正道定理。这与周礼"乐德"所追求的仁厚中和思想一脉相承。

需要注意的是，人们往往把"中庸"等同于"执中"。但是，讲求仁厚中和的"中庸"和没有原则、是非不分的"执中"有着本质的不同。孟子专门讨论过"执中"的问题，他在《尽心上》中说过："执中无权，犹执一也。所恶执一者，为其贼道也，举一而废百也。"一味执中而不知权衡，就和固执一端、不知变通的"执一"一样，变成了混淆是非、丧失原则的折中。这种缺失，如果表现在"诗教"上，就是《礼记·经解》所谓的"《诗》之失，愚"。那么，什么是"愚"？《荀子·修身》篇说："是是非非谓之知，非是是非谓之愚。"混淆是非，以是为非，以非为是，这就是"愚"。一味追求温柔敦厚，往往容易在和稀泥的调和中混淆是非，丧失原则，变成孟子所说的"执中无权"。实际上，早在孔孟之前，以"中庸"为至德的周代礼乐文化，在把仁、中、和与智、圣、义并列而称为"六德"时，就已经以极富思辨性的方式，解决了"执中无权"可能导致的缺陷：与明于事理的"智"，察微知著的"圣"，以及能断时宜的"义"相结合，可以有效防止片面强调"仁""中""和"可能导致的不知变通与是非不分。表现在诗教上，就是对"温柔敦厚而不愚"的追求："温柔敦厚而不愚，则深于《诗》者也。"

　　"温柔敦厚而不愚"的《诗》教理论,实际上包含着两个方面的文化内涵:一方面,依违讽谏的文化传统造就了《诗》温柔敦厚、平和内敛的精神风格,"发乎情,止乎礼义",情感的抒发始终在礼义的有效节制之下,不容易出现极端化的情绪表达,由此形成中国文学传统中乐而不淫、哀而不伤、怨而不怒的抒情机制与审美风尚。另一方面,"不愚"的要求又使人能够在温柔敦厚的追求中不放弃对基本原则的坚守,在情动于中而形于言的过程中察微知著、明辨是非。因此,只有真正领悟《诗》之讽谏精神的人,才能够在秉持温柔敦厚之旨时明辨是非、坚持原则,成就"不愚"的理想境界。

　　从某种意义上说,汉人围绕屈原的争议,很有代表性地说明了"温柔敦厚而不愚"这一观念丰富的内涵及其深远的影响力。

　　屈原是"发愤抒情"说的最早提出者,他的作品最为显著的特点就是"发愤以抒情"所带来的酣畅淋漓、不加节制的情感抒发。《离骚》之"余心之所善兮,虽九死其犹未悔",典型地体现了屈原不加节制的抒情特点。司马迁《史记》对屈原及其《离骚》有极高的评价:"其文约,其辞微,其志洁,其行廉,其称文小而其指极大,举类迩而见义远。其志洁,故其称物芳;其行廉,故死而不容自疏。濯淖污泥之中,蝉蜕于浊秽,以浮游尘埃之外,不获世之滋垢,皭然泥而不滓者也。推此志也,虽与日月争光可也。"他认为屈原是一个自远于浊秽的尘世、出污泥而不染的高洁之人,屈原高洁的志行甚至可以与日月争光。

　　从某个意义上来说,司马迁是屈原精神的真正继承者,鲁迅先生称赞《史记》为"史家之绝唱,无韵之《离骚》",有其内在的精神依据。除了"九死其犹未悔"的执着之外,司马迁显然接受了屈原"发愤以抒情"

的主张，他认为前代贤圣之作，皆因遭际不善，"发愤"而成。他把《周易》《春秋》《离骚》《国语》《吕氏春秋》以及《诗》三百篇，也都放在"发愤之所为作"的序列当中，并以此为前提，继承淮南王刘安的看法，充分肯定了《离骚》抒怨发愤的合理性：

> 离骚者，犹离忧也。夫天者，人之始也。父母者，人之本也。人穷则反本，故劳苦倦极，未尝不呼天也，疾痛惨怛，未尝不呼父母也。屈平正道直行，竭忠尽智以事其君，谗人间之，可谓穷矣。信而见疑，忠而被谤，能无怨乎？屈平之作《离骚》，盖自怨生也，《国风》好色而不淫，《小雅》怨诽而不乱，若《离骚》者，可谓兼之矣。（《史记·太史公自序》）。

从"诗可以怨"的立场而言，《离骚》之抒怨与发愤，确实合情合理。以《离骚》为代表的屈原的作品，强化了诗歌"抒其愤"的情感宣泄功能，对"诗以言情"和"诗缘情"说的发展产生了深刻的影响。但是，站在诗教的立场上，"九死其犹未悔"式的情感宣泄，似乎又有悖于哀而不伤、怨而不怒的温柔敦厚之旨。因此，到东汉初年，班固在《离骚序》中就对刘安、司马迁等人的看法提出了质疑与批评。班固认为屈原是一个露才扬己之人，他因为小人的谗言被怀王疏远，他却多次责怨怀王，是屈原自己的愁神苦思、强非其人，才导致他最终忿怼不容、沉江而死的命运；班固认为，屈原的做法一方面表明他不懂得明哲保身之为贵，另一方面也贬低了那些高洁狂狷之士的志行。班固显然认为屈原的怨与愤超越了"怨诽而不乱"的界限，因此，他批评刘安等人把屈原的《离骚》和《国风》《小雅》

等列，认为屈原之志可与日月争光的评价太过份了。但是班固的看法随即遭到了王逸的激烈反驳：

> 人臣之义，以忠正为高，以伏节为贤。故有危言以存国，杀身以成仁。是以伍子胥不恨于浮江，比干不悔于剖心，然后德立而行成，荣显而名著。若夫怀道以迷国，佯愚而不言，颠则不能扶，危则不能安，婉娩以顺上，逡巡以避患，虽保黄耇，终寿百年，盖志士之所耻，愚夫之所贱也。今若屈原膺忠贞之质，体清洁之性，直若砥矢，言若丹青，进不隐其谋，退不顾其命，此诚绝世之行，俊彦之英也。而班固谓之露才扬己，竞于群小之中，怨恨怀王，讥刺椒兰，苟欲求进，强非其人，不见容纳，忿恚自沈。是亏其高明，而损其清洁者也。昔伯夷叔齐让国守志，不食周粟，遂饿而死，岂可复谓有求于世而恨怨哉？且诗人怨主刺上，曰："呜呼小子，未知臧否，匪面命之，言提其耳。"风谏之语，于斯为切。然仲尼论之，以为《大雅》。引此比彼，屈原之词，优游婉顺，宁以其君不智之故，欲提携其耳乎？而论者以为露才扬己，怨刺其上，强非其人，殆失厥中矣。（《楚辞章句序》）

王逸首先从"人臣之义"的角度，充分肯定了屈原"危言以存国，杀身以成仁"的高洁志行，又引《大雅·抑》之"面命""耳提"之语，论证屈原之作类同《大雅》，从而得出了"《离骚》依托五经以立义"的观点。除此外，在《离骚经序》中，王逸又一次强调了《离骚》对于《诗》的继承：

> 《离骚》之文，依《诗》取兴，引类譬谕。故善鸟香草以配

忠贞,恶禽臭物以比谗佞。灵修美人以媲于君,宓妃佚女以譬贤臣。

虬龙鸾凤以托君子,飘风云霓以为小人。其词温而雅,其义皎而朗。

针对班固的批评,王逸强调了屈原之文的"优游婉顺"与"温而雅",他把屈原作品纳入到《诗》的传统中,强调了《离骚》依《诗》取兴的继承关系,认为屈原作品不但不违儒家"温柔敦厚"之旨,相反还成为名儒博达之士创作时祖式模仿的范本,具有"金相玉质,百世无匹,名垂罔极,永不刊灭"的价值。

司马迁、班固与王逸对屈原的评价,深刻反映了汉人对于"温柔敦厚"的不同理解以及由此而来的"愚"与"不愚"的差异。司马迁和王逸,以"诗可以怨"为基础,在充分肯定《诗》《骚》传统一脉相承的前提下,充分肯定了屈原诗文舒泄愁思的合理性,"信而见疑,忠而被谤,能无怨乎?"这样的"怨",实质上与《风》《雅》无别,完全符合温柔敦厚之旨。另一方面,他们又从志洁行廉的角度,高度赞扬了屈原坚守理想、不愿被浊世尘垢所玷辱、毅然赴身清流、沉江而死的人生选择。"虽与日月争光可也"的评价中,体现出了对于屈原"不愚"的认可与肯定。在司马迁与王逸的眼中,屈原是"温柔敦厚而不愚"的典范。从这个意义上说,被班固视为不能全命避害的露才扬己、强非其人的屈原之"愚",实质上反映的恰恰是班固之"愚",为了明哲保身,为了全命避害,放弃坚守基本原则的"非是是非"之"愚"。这种"愚",在《汉书》的修撰中也有反映,尤其是把《史记》的"微文刺讥,贬损当世",与《汉书》的"纬六经,缀道纲,总百氏,赞篇章"相比较,其"愚"表现得更加突出。

汉朝之后,人们在强调"温柔敦厚"时很少直接涉及"愚"与"不愚"

的问题。但是，围绕屈原的争议，却让"温柔敦厚而不愚"之"不愚"，在"危言以存国，杀身以成仁"的陈述中获得了肯定。"进不隐其谋，退不顾其命"的志士仁人前赴后继，也让文学这种"重要的矫正力量"，能够在"关乎良知，关乎是非，关乎世道人心"（格非《茅盾文学奖获奖感言》）的写作中坚守正道，成为传承中华民族精神力量的重要载体与途径。

　　概括来说，"温柔敦厚"反映了中国文学外在的气质与风貌，"不愚"则体现了中国文学内在的精神与原则。"温柔敦厚而不愚，则深于《诗》者也。"吟咏性情以讽刺朝政的方式与目的，从根本上造就了《诗》的精神内核，《诗》又进一步影响和塑造了后世文学的气质与风貌。"不学《诗》，无以言"，确矣！

第四章　薪火相传——《诗经》的文本源流

　　《诗经》最早是周代乐官被之管弦、载之口耳的歌辞本，自结集成书以后，同时也以简册为载体进行流传。在此后的两千多年里，伴随着石刻的兴起、纸张的普及与雕版印刷术的发明，它又经历了石刻、手抄、雕版印刷等不同的传播方式，化身千百，传承不息。自汉迄清，在阅读需要的刺激下，还衍生出传文、笺文、释音、疏文等注解之作及层出不穷的《诗》学文献。在这一过程中，《诗经》的文本是如何定型的？其诗说又是如何统一的呢？要回答这些问题，就得从简帛时代的《诗经》说起。

第一节　诗说一统——从《诗》分四家到《毛诗》独传

　　早在先秦时期，《诗经》就形成了比较稳定的文本，并以"书之竹帛"的形式流传于世。《韩非子·和氏》："商君教秦孝公……燔《诗》《书》而明法令。"《商君书·农战》："虽有《诗》《书》，乡一束，家一员，独无益于治也。"无论是商鞅建议秦孝公焚毁《诗》《书》，还是"每乡有一捆，每家有一卷"的表述，这些记载均表明，至晚在战国时代，书写已成为《诗经》传播的重要方式。

秦始皇统一六国后，为了割断民间对历史的记忆，下令焚烧除《秦记》之外的史书及民间私藏的"《诗》《书》、百家语"。《诗》《书》首当其冲，濒临几乎毁灭的浩劫。汉兴之后，儒生们致力于重新恢复经典。从《史记》《汉书》的记载来看，《诗经》的复见渠道主要有二。一是得自秦焚书之后的私藏，比如《史记·六国年表》云：

> 秦既得意，烧天下《诗》《书》，诸侯史记尤甚，为其有所刺讥也。《诗》《书》所以复见者，多藏人家，而史记独藏周室，以故灭。

又司马迁《太史公自序》记载：

> 秦拨去古文，焚灭《诗》《书》，故明堂石室金匮玉版图籍散乱。于是汉兴，萧何次律令，韩信申军法，张苍为章程，叔孙通定礼仪，则文学彬彬稍进，《诗》《书》往往间出矣。

所谓"多藏人家""往往间出"，表明汉初部分复见的《诗》《书》是书于简册、私人密藏而幸存下来的先秦旧典。据郑玄《毛诗谱·大小雅谱》记载："又问曰：《小雅》之臣，何以独无刺厉王？曰：有焉。《十月之交》《雨无正》《小旻》《小宛》之诗是也。汉兴之初师移其第耳，乱甚焉。既移，又改其目。"汉初《毛诗》有因编绳腐烂而经毛公重新编排的迹象，这恰好符合历经劫难幸存下来的遗简特征。《汉书·河间献王传》说河间献王修学好古，所得书"皆古文先秦旧书"，他之所以会立毛苌为河间国博士，恐怕与《毛诗》是"先秦旧书"不无关系。出于传授弟子的需要，汉代经师后来把这部用先秦六国古文字书写的《毛诗》转写成了西汉通行的今文隶书版本。

二是凭记忆诵读所得。《汉书·艺文志》记载："凡三百五篇，遭秦而全者，以其讽诵，不独在竹帛故也。"刘歆《移书让太常博士》又云："（文帝时）《诗》始萌芽，天下众书，往往颇出……至孝武皇帝，然后邹、鲁、梁、赵颇有《诗》《礼》《春秋》先师，皆出于建元之间。当此之时，一人不能独尽其经，或为《雅》，或为《颂》，相合而成。"由于《诗》是有韵之文，便于记诵，因此可以通过师徒之间口耳相传的方式得到保存。鲁、齐、韩三家《诗》使用的本子全是今文，没有古文本流传下来，应当是汉初经师凭记忆背诵，以当时通行字体写定而成的。

得益于书写与口传的二重性，《诗经》较其他儒家经典得到了最完整的保存。不过，由于古今字体的变更、经师口授时的记忆不准或口音不清，却也在文字上产生了不少分歧。1977 年安徽阜阳双古堆一号汉墓出土的汉简《诗经》，据学者考察是汉文帝十五年（前 165）以前的写本。用《阜诗》与《毛诗》加以对照，可以看到存在大量的异文，这证实了陆德明所谓汉兴"一经之学，数家竞爽；章句既异，踳驳非一"之说。

《诗》学传承混乱无序的状态直至官方确立《诗》学博士以后才得到改善。据《汉书·楚元王传》载："文帝时，闻申公为《诗》最精，以为博士。"又《史记·儒林列传》载："清河王太傅辕固生者，齐人也。以治《诗》，孝景时为博士。""韩生者，燕人也。孝文帝时为博士，景帝时为常山王太傅。"鲁人申培、燕人韩婴、齐人辕固先后在文帝、景帝时被立为《诗》学博士，成为当时最有影响的鲁、韩、齐三家。在恪守师法、家法的传承背景下，他们各自形成了自成一脉的师承谱系。根据《史记》《汉书》的记载，西汉时期《鲁诗》的传承世系如下：

第一代：申培；

第二代：孔安国、周霸、夏宽、鲁赐、缪生、徐偃、阙门庆忌、王臧、赵绾、瑕丘江公、许生、徐公等；

第三代：韦贤、王式等；

第四代：昭帝、韦玄成、张长安、唐长宾、褚少孙、薛广德、昌邑王等；

第五代：哀帝、张游卿、龚胜、龚舍等；

第六代：元帝、王扶、许晏等。

《齐诗》的传承世系如下：

第一代：辕固；

第二代：夏侯始昌；

第三代：后苍；

第四代：翼奉、白奇、萧望之、匡衡等；

第五代：师丹、伏理、满昌、匡咸等；

第六代：成帝、张邯、皮容、马援、伏湛、伏恭等。

又《韩诗》的传承世系如下：

第一代：韩婴；

第二代：贲生、赵子、韩商；

第三代：蔡谊；

第四代：昭帝、食子公、王吉；

第五代：栗丰、长孙顺等；

第六代：张就、发福等。

至于《毛诗》，尽管未被中央政府立于学官，影响有限，却得到了河间献王的青睐。据《汉书·儒林传》载："毛公，赵人也。治《诗》，为河间献王博士，授同国贯长卿。长卿授解延年，延年为阿武令，授徐敖。敖授九江陈侠，为王莽讲学大夫。由是言毛诗者，本之徐敖。"又荀悦《前汉纪》卷二十五载："赵人有毛公，为河间献王博士，作《诗传》，自谓得子夏所传。由是为《毛诗》，列于学官。"可见，它在地方也授受不绝，得到了较为完好的保存。

终汉一世，四家《诗》传承有自，各成体系，还产生了一批注释性文本。据《汉书·艺文志》著录，除鲁、齐、韩三家《诗》本经二十八卷，《毛诗》本经二十九卷外，《鲁诗》尚有《鲁故》二十五卷、《鲁说》二十八卷，《齐诗》有《齐后氏故》二十卷、《齐孙氏故》二十七卷、《齐后氏传》三十九卷、《齐孙氏传》二十八卷、《齐杂记》十八卷，《韩诗》有《韩故》三十六卷、《韩内传》四卷、《韩外传》六卷、《韩说》四十一卷，《毛诗》有《毛诗故训传》三十卷等。这些著述除《韩诗外传》和《毛诗故训传》外，其余均已散佚无存，难窥其貌。不过《汉书·艺文志》云："汉兴，鲁申公为《诗训故》，而齐辕固、燕韩生皆为之传，或取《春秋》，采杂说，咸非其本义，与不得已，《鲁》最为近之。"王念孙《读书杂志》卷五进一步补充道："言三家《诗》说皆非其本义，必欲求其本义，则《鲁诗》训为近是。"不难想见，三家《诗》受到现实政治的羁绊，任意比附引申，掺杂谶纬迷信，已经丧失学术的纯正性与客观性。相反，《毛诗》长期处于边缘地位，与现实政治的关系相对疏远，这使它始终秉守独立求实的古学风格，历久弥新。

东汉以降，随着今文学的日渐繁琐，谶纬学说的泛滥，三家《诗》相继表现出衰颓之势。《毛诗》虽仍不得立于学官，不过它作为古学的优长已经体现出来。越来越多的学者开始研习《毛诗》，《毛诗》的影响力与日俱增。东汉末年，郑玄为《毛诗》作《笺》，以《毛诗》为主，间采三家，结束了今古文的纷争，完善了《毛诗》的解说系统。自此以后，三家日渐式微，《毛诗》独立于世。陆德明《经典释文·序录》说："《齐诗》久亡，《鲁诗》不过江东，《韩诗》虽在，人无传者。唯《毛诗郑笺》独立国学，今所遵用。"王柏《诗疑》也说："惟毛苌者最后出，其言不行于天下，而独行于北海。郑康成，北海之人也，故为之笺。自是后学者虽不识毛苌，而笃信康成，故《毛诗》假康成之重而排迮三家，独得盛行于世。"足以显见郑玄笺《诗》对于《毛诗》独行的决定性意义。

值得注意的是，《毛诗传笺》的问世正值以纸代简的东汉末年。纸的流通，为经书的传抄提供了极大的便利。从此，《毛诗》的广泛传播便成为不可阻挡之势。

第二节　文定一尊——从石经刊刻到雕版印刷

在印刷术发明以前，经籍的传播主要靠手抄。文本几经辗转传抄，脱漏谬误之处在所难免。汉武帝设立五经博士后，为了确保以经取仕的公平性，朝廷曾采取确立蓝本的方法，将标准的经书文字用漆书写成，藏在兰台，作为太学考试的官方定本。然而，到了东汉后期，两次党锢之祸使得"高名善士"多被流放或处以肉刑，太学凋敝，学风不正。当时许多不学无术的小人为了争夺经学博士的头衔，百计钻营，竟然使用行贿的手段改易兰台漆书经文，以合于自己所答的文字。这一举措，严重威胁到作为官方意识形态的经学的统治地位。在这种情势下，一批有识之士倡议整顿太学，规范经典文本，石经的刊刻便提上了议程。

汉灵帝熹平四年（175），议郎蔡邕、张驯、韩说，五官中郎将堂谿典，光禄大夫杨赐，谏议大夫马日磾，太史令单飏等人，联名上书汉灵帝，奏求正定五经文字。这一建议，得到了不争权威、热心学术的宦官李巡的支持。春三月，汉灵帝采纳了蔡邕等人的意见，"诏诸儒正五经文字，刻石立于太学门外"（《后汉书·孝灵帝纪》）。于是，蔡邕等人着手选定经本，亲自书丹于碑，命刻工依文镌刻。整个工程从灵帝熹平四年开始筹措，至光和六年（183）告竣，前后历时凡九年，共刻石碑46座，全部碑文约20万字。石经刻成后，立于洛阳太学讲堂门外，46方经石，各高一丈许，广四尺，两面刻，骈罗相接，非常壮观。经文顺序碑碑衔接，各碑正面文字相连，然后背面文字相接，起自正面首碑，终于背面末碑。这些碑文用标准的八分书写成，结构方正，端庄整饬，颇有庙堂之气。由于石经的刊刻始于灵帝的熹平四年，后人习惯称其为"熹平石经"。

东汉一朝，官方设立五经十四博士，其中《易》有施、孟、梁丘、京氏，《尚书》欧阳、大小夏侯，《诗》齐、鲁、韩，《礼》大小戴，《春秋》严、颜。因为熹平石经刊刻的起因是为了解决官定经书的文字纷争，所以其所采用的版本，自然是当时立于学官的今文经典。不过，从传世的拓片或实物来看，熹平石经并没有将十四家章句全部镌之石碑，而是选取了一家文本刊石，其余诸家文字若有不同，则以校记的形式刻于各经之后。经过历代学者的相继考察，可以确认，熹平石经共镌刻了《易》《书》《诗》《礼》《春秋》《公羊传》《论语》七种经典，其中《易》用梁丘氏，而参校施、孟、京三家；《书》用欧阳氏，而参校大小夏侯二家；《诗》用《鲁诗》，而参校齐、韩二家；《仪礼》用大戴，校以小戴；《春秋》用公羊高本；《公羊传》用严氏，参校颜氏本；《论语》用《鲁论》，参校盍、毛、包、周诸家之本。当时，鲁、齐、韩三家《诗》并立于学官，由于"《鲁》最为近之"，蔡邕等人选择了《鲁诗》作为刊石的底本。

熹平石经文本的统一，使得"文章典籍有其统宗，而学术人心得所规范"（章学诚《文史通义·外篇一》）。据《后汉书·蔡邕传》记载，石经落成后，曾引起不小的轰动。当时四方的读书人，纷纷赶来洛阳读碑、摹写，一时观者如云，门庭若市，道路常常为之堵塞。刻于金石，本是为了垂范后世，永代作则。可惜好景不长，石经刻成后仅七年，至汉献帝初平元年（190），董卓焚毁洛阳宫城，殃及石经。魏初，对熹平石经损毁处进行了补刻。等到西晋永嘉之乱，王弥、刘聪等攻破洛阳，焚二学，立于太学门前的石经又惨遭损毁。据陆机《洛阳记》的记载，原本46座石碑当时仅存17座。此后，熹平石经几经兵燹及辗转迁徙，或损坏或丢失，至隋唐时已十不存一。自宋以后，熹平石经文字多赖《隶释》而得以保存，其中《鲁诗》遗文173字。直到20世纪20年代，随着汉魏洛阳故城太学遗址的发现及汉魏石经残石的出土，熹平石经的种类和遗文数目较之前代才有所突破。马衡《汉石经集存》一书汇集有20世纪50年代止存世的汉石经492石约6000字，其中《鲁诗》遗文约1970字。

尽管昔日规模空前的群碑巨制早已化作草野中的断碑残石，不过熹平石经所开创的儒家经典的刻石传统，却长久地影响着后世的儒经刊刻。以熹平石经为源头，历史上又出现了六次由官方推动的大规模儒家经典刻石活动，它们分别是：三国魏正始年间（240-249）刻立的正始石经，唐开成二年（837）刻成的开成石经，后蜀广政初年（938）始刻的蜀石经，北宋嘉祐六年（1061）刻立的北宋石经，南宋绍兴十三年（1143）刻立的南宋石经以及清乾隆五十九年（1794）刻立的乾隆石经。其中开成、乾隆石经保存完好，分别立于今天的西安碑林博物馆和北京国子监；南宋石经尚存大半，今陈列于杭州文庙大成殿内；其他石经则多残泐损毁，仅有残石拓片流传。

曹魏时期的正始石经，只刻了《尚书》《春秋》《左传》（止于庄公）等三部经典，没有刊刻《诗经》。北宋石经、南宋石经及乾隆石经时代偏晚，其时雕版印刷技术在经书刊刻方面已比较普及，故较之以往其他石经，其规范文字、统一经本的价值无疑大打折扣。这里有必要重点介绍一下开成石经与蜀石经，它们产生在写本时代向刻本时代过渡的时间节点上，对《诗经》的版本研究具有重要的校勘价值。

开成石经，又称太和石经。从唐文宗太和七年（833）开始刊刻，开成二年（837）完工，历时四年，刊成儒家经书十二部，依次计有《周易》《尚书》《诗经》《周礼》《仪礼》《礼记》《春秋左传》《春秋公羊传》《春秋谷梁传》《孝经》《论语》《尔雅》，另有《五经文字》《九经字样》附于《春秋左传》之末。开成石经由楷书写成，只刻经文，不录注文，共计 114 石 228 面经碑，65 万余字。每碑经石高约 1.8 米，面宽 0.8 米，下设方座，中插经碑，上置碑额，通高 3 米，堪称"世界上最重的教科书"。原碑立于唐长安城务本坊的国子监内，北宋时移至府学北墉，即今西安碑林博物馆。清康熙时陕西巡抚贾汉复又将《孟子》补刻入西安碑林，玉成为"秦本石刻十三经"。1997 年中华书局出版的《景刊唐开成石经》，以民国十五年（1926）皕忍堂唐石经影摹刻本适当缩印而成，同时附有贾汉复补刻的《孟子》七卷及严可均所著《唐石经校文》十卷。从此人们不用去西安碑林博物馆，便可以很方便地阅读这部大书了。

较之熹平石经，开成石经的版面格式有了较大的调整。首先，它以每块碑石为单位，先表后里雕刻碑文，首碑正面文字与其背面文字衔接，然后次碑正文连结次碑背文。其次，区别于熹平石经的一行直下刊刻，开成石经的每块碑石分成了横向八行，每列从数十字缩短成只有十个字。原来，"汉魏时未有拓碑之法，其碑只供人摹写，唐以后既知传拓，将拓本分列剪裁，即可装成卷子本，取其便于应用也"①，开成石经的横向刻法，满足了纸卷时代人们拓印经籍的需求。随着雕版印刷技术的兴起，后唐明宗长兴三年（932），宰相冯道、李愚等奏请依石经文字，令判国子监事田敏校正九经三传，刻版印卖，此为中国官刻经书之始。而这次雕印的监本经籍乃是取开成石经本的经文合以当时经注而成。北宋监本经籍，又是在五代监本的基础上校勘重刻。由此可见，开成石经是后世一切雕版经籍的祖本，堪称"古本之终，今本之祖"（严可均《唐石经校文》），它为《毛诗》文本的"文定一尊"作出了特殊的贡献。

蜀石经始刻于后蜀广政初年，其主体工程卒刻于北宋皇祐元年（1049），前后延续一百一十二年。至宋徽宗宣和五年（1123），席贡补刻《孟子》入石，最终形成"十三经"的规模。由于其主体部分刻成于后蜀广政年间，故常被称作"后蜀石经"或"广政石经"。蜀石经是七次石经刊刻中唯一在经文之外还附有注文的一种，也是规模最大的一种，总字数达上百万之多，资料价值很高。依宋人曾宏父《石刻铺叙》所载拓本的信息："《毛诗》八册，二十卷。正经四万一千二十一字，注十万五千七百一十九字。将仕郎秘书省秘书张绍文书，镌工张延族。"蜀石经自南宋末年即已开始散佚，

---

① 马衡《石经词解》，载《凡将斋金石丛稿》，中华书局1977年，第214页。

元明时期，原石不见著录，盖已亡佚。

现存的蜀石经主要由三部分构成：上海图书馆藏蜀石经残拓（黄丕烈旧藏部分）、国家图书馆藏蜀石经残拓（刘体乾旧藏部分）及近代所出蜀石经残石。其中，上海图书馆藏宋拓蜀石经《毛诗》残本，共有拓本四十一页，存二《南》、《邶风》二卷之一卷半，自《召南》首章《鹊巢》的"维鹊有巢，维鸠居之"的郑笺开始，至《召南·驺虞》章结束，及《毛诗》卷二《邶风》全部，凡经注 12541 字。经文起《鹊巢》"之子于归，百两御之"，讫《二子乘舟》"愿言思子，不瑕不害"；《毛传》《郑笺》起"爵位（今本《笺》无"爵位"二字，王昶以为"此二字攓用序语也"）故以兴焉"，讫"有何不可，而不去乎"。清代学者非常重视石经对今本经书的校勘价值，清人王昶《后蜀毛诗石经残本》、吴骞《蜀石经毛诗考异》及冯登府《石经补考》对蜀石经《毛诗》残本的文字作过考校，其中以晚出的冯氏考校最为详赡，颇有参考价值。

第三节　论归一定——《毛诗正义》的编撰与刊行

魏晋南北朝时期，是皮锡瑞所说的"经学分立时代"。南北政权的分裂，经学也随之好尚各有不同。此时尽管南北《诗》学同宗《毛诗》，但《毛诗》学派内部的郑玄、王肃之争却经久不息。随着义疏之学取代两汉的章句之学而成为主流，经师们普遍将注经重点从解说经字转移到了疏通注文上来。这种义疏之学发展到极端，视郑玄、服虔若神明，以至当时流行"宁道孔圣误，讳言郑、服非"的谚语。隋朝统一后，刘焯、刘炫等北方大儒学贯南北，博通今古，对南北经学的会通作了初步尝试。迄于唐初，唐太宗在完成国家统一大业之后，为了统一文教，选拔官员，对南北经学的统一提出了更高的要求。唐吴兢《贞观政要》卷七《崇儒学》记载：

> 贞观四年（630），太宗以经籍去圣久远，文字讹谬，诏前中书侍郎颜师古于秘书省考定《五经》。及功毕，复诏尚书左仆射房玄龄集诸儒重加详议。时诸儒传习师说，舛谬已久，皆共非之，异端蜂起。而师古辄引晋、宋已来古本，随方晓答，援据详明，皆出其意表，诸儒莫不叹服。太宗称善者久之，赐帛五百匹，加授通直散骑常侍，颁其所定书于天下，令学者习焉。太宗又以文学多门，章句繁杂，诏师古与国子祭酒孔颖达等诸儒，撰定《五经》疏义，凡一百八十卷，名曰《五经正义》，付国学施行。

由此可见，唐太宗统一经学的工作实际上是分两步进行的。第一步，贞观四年诏颜师古校订《五经》，贞观七年（633）十一月丁丑颁《五经定本》于天下。这是在效法熹平石经的做法，统一六朝以来淆乱已久的《五经》文字，为接下来撰修《五经正义》奠定文献基础。第二步，贞观十二年诏孔颖达等撰定《五经正义》，统一《五经》的解说。这一过程几经周折，根据史料的爬梳，我们知道工程开始于贞观十二年，完成于贞观十四年（640），初名"义赞"。贞观十六年（642）太宗下诏复加详定，赐名"正义"。十六年复审后，又有太学博士马嘉运指出其中的错误，太宗再诏孔颖达修订，孔颖达功竟未成而卒。高宗永徽二年（651），诏长孙无忌等再次刊定，至永徽四年（653）完成，正式颁行天下，定为明经考试的依据。

太宗统一经学的大业，直到高宗继任后才大功告成，此时距离孔颖达逝世已经过去五年。

《五经正义》规模庞大，尽管其修撰时间前后跨越十七年，但其主要的编撰工作，其实只用了三年。为何能够在这么短的时间内完成如此浩大的工程呢？原来孔颖达在编撰之初就确立了选用前代学者的现成义疏为底本的修撰原则。关于这一点，孔颖达在各经正义序中都作了明确交代。其《毛诗正义序》云："近代为《义疏》者，有全缓、何胤、舒瑗、刘轨思、刘丑、刘焯、刘炫等。然焯、炫并聪颖特达，文而又儒，擢秀干于一时，骋绝辔于千里。固诸儒之所揖让，日下之无双，于其所作《疏》内特为殊绝。今奉敕删定，故据以为本。然焯、炫等负恃才气，轻鄙先达，同其所异，异其所同，或应略而反详，或宜详而更略，准其绳墨，差忒未免，勘其会同，时有颠踬。今则削其所烦，增其所简，唯意存于曲直，非有心于爱憎。"可见，《毛诗正义》是以刘焯《毛诗义疏》、刘炫《毛诗述议》为底本删定而成。孔颖达在《序》中的陈述是实事求是的，根据学者的考察，今所见部分《毛诗正义》仍可辨识出二刘旧疏与唐人补疏两个文本层次①。从这个角度而言，《毛诗正义》真可谓南北朝、隋、初唐数百年间《诗》学成果层累迭加的集大成之作。

孔颖达《毛诗正义》原为单疏本，只标经、注起止，不与经、注合刊。在其形成之后的三百多年间，一直以抄本的形式流传。当时流行的书籍装潢形式是卷子，今天尚能见到敦煌、吐鲁番出土及日本流传的少量唐抄《毛诗正义》残卷。比如敦煌出土的斯坦因 498 号《毛诗正义（大雅·民劳）》残卷，经、注皆标起止而不出全文，经、注之起止用朱书标识，《正义》

---

① 　程苏东《〈毛诗正义〉"删定"考》，《文学遗产》2016 年第 5 期。

用墨书以别之，可观《毛诗正义》卷例之原貌。唐末五代以来，随着雕版印刷技术的成熟，儒家经典的刊刻日渐繁荣。宋太宗端拱元年（988），孔维等受命校勘并板行《五经正义》，这是北宋国子监刻书之始，也是群经义疏首次付诸刊刻。《玉海》卷四三"端拱校《五经正义》"条详细记载了这次刊刻的过程：

> 端拱元年三月，司业孔维等奉敕校勘孔颖达《五经正义》百八十卷，诏国子监镂板行之。《易》则维等四人校勘，李说等六人详勘，又再校。十月，板成以献。《书》亦如之，二年十月以献。《春秋》则维等二人校，王炳等三人详校，邵世隆再校。淳化元年（990）十月，板成。《诗》则李觉等五人再校，毕道升等五人详勘，孔维等五人校勘，淳化三年（992）四月壬辰以献。《礼记》则胡迪等五人校勘，纪自成等七人再校，李至等详定，淳化五年（994）五月以献。

由此可知，端拱元年三月孔维等已完成校勘，下诏刻版。端拱元年十月刻成《周易正义》《尚书正义》，淳化元年十月刻成《春秋左传正义》，淳化三年四月刻成《毛诗正义》，淳化五年五月刻成《礼记正义》，整个《五经正义》的刊刻过程前后持续了六年之久。值得注意的是，今存南宋覆刻单疏本《毛诗正义》卷末列有北宋校勘官员的衔名，其中"都勘官"列了孔维、李觉两人。原来孔维于淳化二年（991）去世，李觉接管了"都再校"的任务。据《宋史·儒林传》记载，孔维临终前"口授遗表，以《五经疏》未毕为恨"，《毛诗正义》的刊刻竟成为其一生事业的句点。

单疏本在宋代的刊刻，一般认为有两次：一为北宋国子监刻本，一为南宋时期覆刻北宋监本。屈万里《十三经注疏版刻述略》称："迨汴京陷落，金人辇经籍版刻而北；高宗初年，乃以北宋单疏本，重付剞劂，今日所见者，大率皆是也。"①北宋首次刊行的单疏本多亡于战乱，今已无传本存世。南宋覆刻单疏本，尚有数种传本存世。其中南宋高宗绍兴九年（1139）绍兴府用北宋版覆刻的单疏本《毛诗正义》有幸保存了下来，现藏于日本武田科学振兴财团杏雨书屋。原书四十卷，今仅存卷八至四十。这部珍若拱璧的南宋单疏本《毛诗正义》初藏于金泽文库，后由室町时代武将上杉宪实带出文库外，藏在山口县的香山国清寺（其遗址现在改为洞春寺）中，直到近代才于日本重见天日，为竹添光鸿、内藤湖南递藏，堪称"天壤间孤本"。

继绍兴九年覆刻《毛诗正义》，约五十年之后，宋光宗绍熙三年（1192），同在绍兴府的"提举两浙东路常平茶盐司"将原来单行的《毛诗传笺》与单疏本《毛诗正义》合二为一，把《毛诗正义》一段一段地插入经注正文当中，形成所谓注疏合刻本。因其款式为半叶八行，后世统称为"八行本"。又因刻于越州，故又称"越州本"或"越刻八行本"。传世的越刻八行本《礼记正义》卷末"提举两浙东路常平茶盐公事"黄唐的一段跋语，记录了这一创举产生的始末：

> 《六经》疏义，自京监、蜀本皆省正文及注，又篇章散乱，
> 览者病焉。本司旧刊《易》《书》《周礼》，正经注疏，萃见一书，
> 便于披绎，它经独阙。绍熙辛亥（二年，1191）仲冬，唐备员司庾，

① 屈万里《书傭论学集》，台湾联经出版事业公司 1984 年，第 218 页。

> 遂取《毛诗》《礼记》疏义，如前三经编汇，精加雠正，用锓诸木，
> 庶广前人之所未备。乃若《春秋》一经，顾力未暇，姑以贻同志
> 云。壬子（1192）秋八月三山黄唐谨识。

原来，在黄唐之前，两浙东路常平茶盐司曾刊刻《周易》《尚书》《周
礼》的注疏合刻本，目的是为了以疏文配合经文，"萃见一书，便于披绎"。
黄唐上任后，效法前例，又合刻了《毛诗》《礼记》二经。注疏合刻本产
生以后，逐渐取代了单疏本而成为经书注疏版本的主流，广受读者欢迎。
越刻八行本版刻漂亮，校勘精细，更是后世公认的善本。遗憾的是，黄唐
主持刻印的八行本《毛诗注疏》早已亡佚，未能保存下来。

虽然越刻八行本是注疏合刻之祖，但实际上，真正对元明以后通行注
疏版本产生影响的，是南宋中期开始兴起的福建建阳地区所刻十行注疏合
刻本。这种注疏本在八行本的基础上，又将陆德明《经典释文》分散插入
到注疏合刻本中，形成所谓附释文注疏合刻本。因其款式为半叶十行，后
世统称为"十行本"。又因刻于建阳，故又称"建刻本"或"建刻十行本"。
建刻十行本《毛诗注疏》在中土久已失传，阮元等人已无缘见到。所幸日
本足利学校遗迹图书馆藏有南宋建安刘叔刚刻十行本《附释音毛诗注疏》
二十卷，人称"一经堂本"或"足利本"。这是目前能见到的海内外最早
的《毛诗注疏》版本，作为后世通行《毛诗注疏》的最初源头，具有非常
重要的研究价值。

元代泰定（1324-1328）前后，宋刻十行本被再加翻刻。其书版传至明代，
递经补修印刷，成为元翻明修十行本。此后，明嘉靖李元阳刻《十三经注疏》、
明万历北京国子监刻《十三经注疏》、明末汲古阁刻《十三经注疏》、清乾

隆武英殿刻《十三经注疏》、清嘉庆间阮元南昌府学刻《十三经注疏》相继问世。这些明清时期重要的《十三经注疏》刊本，其源头均可追溯到元代翻刻宋代附有释文的注疏合刻本。其中阮元校刻的《十三经注疏》是五次刊刻的集大成之作，影响巨大，至今仍是最为通行的《十三经注疏》版本。

对于《毛诗正义》的历史作用，皮锡瑞在《经学历史》中这样评价道："自唐至宋，明经取士，皆遵此本。夫汉帝称制临决，尚未定为全书；博士分门授徒，亦非止一家数。以经学论，未有统一若此之大且久者。"需要补充的是，尽管元仁宗皇庆二年（1313），朱熹《诗集传》晋升为科举考试的标准教科书，不过据《元史·选举志》及《明史·选举志》记载，元明科举考试仍在不同程度上兼用《毛诗正义》。明代永乐年间，明成祖将胡广奉敕编纂的《五经大全》颁行为科举考试的标准，《毛诗正义》才正式退出科举考试的舞台。不过，作为古学的《五经正义》仍是一股不可小觑的力量，广受士子的青睐，明清时期大批学者投入《十三经注疏》的刊刻即是明证。尤其是乾嘉以后，汉学大兴，学者们普遍重视注疏之学对读书治学的奠基作用。阮元在《重刻宋版注疏总目录》中曾说："窃谓士人读书当从经学始，经学当从注疏始。空疏之士，高明之徒，读注疏不终卷而思卧者，是不能潜心研索，终身不知有圣贤诸儒经传之学矣。至于注疏诸义，亦有是非。我朝经学最盛，诸儒论之甚详，是又在好学深思、实事求是之士，由注疏而推求寻览之也。"这是一代文宗的肺腑之言，对于今人阅读和理解《诗经》仍有借鉴意义。

第四节　历代《诗》学要籍举例

两千多年来，研究《诗经》的著述可谓汗牛充栋，为后人留下了一笔丰厚的学术遗产。朱彝尊《经义考》遍稽历代载籍、公私目录，集录先秦至清初《诗经》著述 617 部。刘毓庆《历代诗经著述考》又查阅数十种书目及上千种方志，考得先秦两汉《诗》学文献 54 部，现存 9 部（其中 2 部是伪书）；三国两晋南北朝 111 部，存 1 部；隋唐五代 25 部，存 4 部；宋代 303 部，存 85 部；元代 80 部，存 21 部；明代 738 部，存 224 部。总计先秦至明代《诗》学文献 1311 部，存 344 部[①]。清代《诗》学名家辈出，著述如林，迄今未有一个全面、准确的数据。据夏传才主编的《诗经学大辞典》中所列《中国历代诗经著述存佚书目》初步统计，清代《诗》学文献 577 部，存 444 部；清末民初 42 部，存 32 部。如果算上域外汉籍、学术笔记及文集中有关《诗》学的部分，其总量将更加庞大。

现存的一千余种《诗》学文献，它们或收于各类丛书，或以单行本（如刻本、抄本、稿本）存世。以常见的丛书计算，《四库全书》《四库全书存目丛书》《续修四库全书》等综合性丛书的"经部诗类"，分别收录《诗》学文献专著 63 部、65 部、109 部。《通志堂经解》《皇清经解》《皇清经解续编》《诗经要籍集成》等专科性丛书，亦分别收录《诗》学文献专著 12 部、11 部、26 部、141 部。此外，辑佚类丛书如《玉函山房辑佚书》

---

① 　参刘毓庆《历代诗经著述（先秦—元代）》，中华书局 2002 年；刘毓庆、贾培俊《历代诗经著述考（明代）》，中华书局 2008 年。

《玉函山房辑佚书续编》之"经编诗类"，还收有历代《诗》学文献辑本32 部、7 部。这些著作在历史的长河中历经淘洗而传承至今，其中不乏经典之作。这里我们择要介绍几种《诗经》汉学、宋学、清学的代表性著作，希望能抛砖引玉，引起读者进一步钻研的兴趣。

1. 《毛诗故训传》三十卷，（汉）毛亨撰

毛亨（生卒年不详），鲁人。相传其《诗》学传自子夏，西汉初年开门授徒，著《毛诗故训传》，授其侄毛苌。河间献王刘德好《诗》，立毛苌为博士，开馆讲学。世称毛亨为大毛公，毛苌为小毛公。毛苌所传之《诗》后称《毛诗》，所传《故训传》后称《毛传》。西汉时鲁、齐、韩今文三家《诗》说立于学官，《毛诗》则长期传授于民间。后由于东汉郑玄为之作《笺》，乃逐渐取代鲁、齐、韩三家《诗》而独行于世。今传《诗经》即为《毛诗》，所传之《传》即毛亨之《毛传》。

这部书是现存最早的、最完整的《诗经》注本，也是"诗经汉学"《毛诗》学派的代表性著作。该书训诂渊源有自，多采先秦旧籍，如《仪礼》《周礼》《礼记》《国语》《论语》《孟子》《荀子》等，义多存古；解说时较少迷信妄诞之说，就诗立说，释义平实，与三家《诗》采用阴阳灾异、谶纬迷信附会为说，形成鲜明对比。此外，毛公作传，独标兴体，也为三家《诗》所未见，实属创举。这些都是《毛诗故训传》的长处，历来备受推重。如明人郝敬《毛诗原解》说："子贡、子夏之后，善言《诗》者，莫如孟子；孟子之后，知其解者莫如毛公。"清人臧琳《经义杂记》说："十三经中，推《毛诗传》最古，而最完好，其诂训能委曲顺经，不拘章句。"陈奂在《诗毛氏传疏·叙》中也盛赞道："《毛诗》多记古文，倍详前典，或引申，

或假借，或互训，或通释，或文生上下而无害，或辞用顺逆而不违。要明乎世次得失之迹，而吟咏性情，有以合乎诗人之本志。数读《诗》不读《序》，无本之教也；读《诗》与《序》而不读《传》，失守之学也。文简而义赡，语正而道精，洵乎为小学之津梁，群书之钤键也。"可谓深得毛旨。当然，该书注重"以史证诗"，强调政教伦理与诗之联系，难免也有牵强附会之处。

《毛诗故训传》三十卷，原书已佚，后附《郑笺》传世。清人段玉裁撰《毛诗故训传定本小笺》三十卷，收于《皇清经解》。

2.《毛诗传笺》二十卷，（汉）郑玄撰

郑玄（127－200），字康成，北海高密（今属山东）人。师事京兆第五元先、东郡张恭祖、扶风马融等大儒，在外游学十余年，后回乡聚徒讲学，弟子达数千人。遭党禁之后，杜门不出，潜心著述。郑玄兼通今古文，遍注群经，据王利器《郑康成年谱》考证，其著述多达 80 部之多。其中《诗》学著述以《毛诗传笺》《毛诗谱》为要。生平见《后汉书》卷三五。

这部书"注《诗》宗毛为主，毛义若隐略，则更表明；如有不同，即下己意，使可识别"（《毛诗正义》引郑玄《六艺论》）。它一方面以《毛传》为本，将《毛传》中或隐或略的部分加以阐发、补充和订正；另一方面又不迷信经、传，如有与《毛传》意见不同的地方，则兼采鲁、齐、韩三家《诗》说及《诗纬》，加以辨别，陈述己见。全书以毛为宗，三家为辅，融合今古，发展和完善了《毛诗》，是汉代《诗经》学的集大成之作。郑玄作《笺》之后，学者翕然归向，纷纷委弃今古门户而就郑学，三家《诗》逐渐退出历史舞台，《毛诗》大行于世。当然，郑玄笺《诗》往往以《礼》说《诗》，以谶纬说《诗》，历来也遭到不少学者的批评。

《毛诗传笺》通行的刻本多是与孔颖达《毛诗正义》单疏本合刻在一起的注疏合刻本。现存单行的《毛诗传笺》宋刻本有国家图书馆藏南宋刊巾箱本，二十卷，半叶十行，行十七字，注文小字双行二十二字。白口，左右双边或四周双边。为经注附释文本。2017年国家图书馆出版社将其列入"国学基本典籍丛刊"影印出版。又有国家图书馆藏宋刻《监本纂图重言重意互注点校毛诗》两部，二十卷图谱一卷。皆半叶十行，行十八字，注文小字双行二十二字。黑口，四周双边。一部为陈鳣旧藏，存卷一至十一及图谱一卷；另一部为黄丕烈旧物，存二十卷图谱一卷，其中卷五至七配清黄氏士礼居影宋抄本。2003年北京图书馆出版社将黄氏旧藏本列入"中华再造善本"系列影印出版。

3.《毛诗正义》四十卷，（唐）孔颖达撰

孔颖达（574-648），字冲远，冀州衡水（今属河北）人。曾从刘焯问学，隋大业初，选为明经，授河内郡博士。入唐，任国子监祭酒。贞观十二年，奉唐太宗命主持编撰《五经正义》，《毛诗正义》即其一。生平见《旧唐书》卷七三、《新唐书》卷一九八。

据《毛诗正义序》，参与此书编撰者还有王德韶、齐威、赵乾叶、贾普曜、赵弘智等。这部书以《毛传》《郑笺》为注疏依据，不引经注原文，只标经文和传笺的起止。在体例上，首先根据《诗序》《毛传》统释经文诗义，然后分别对《毛传》《郑笺》进行疏解。其训释以刘焯《毛诗义疏》、刘炫《毛诗述义》之说为本，文字以颜师古考定《五经定本》的文字为主，广征博引诸家之说以疏通《传》《笺》。它以官方定本的形式统一了魏晋以来《诗》学纷争的局面，尽管其恪守"疏不破注"的原则，承袭了毛、郑注解中的一些错误，仍不失为唐代《诗经》汉学的集大成之作。《四库全书总目》评其"融贯群言，包罗古意"，皮锡瑞《经学历史》称："自《正义》《定本》颁之国胄，用以取士，天下奉为圭臬。唐至宋初数百年，士子皆谨守官书，莫敢异议矣。"南宋之前，《毛诗正义》与经注别行，称为单疏本。南宋以来，出现了将经文、《毛传》《郑笺》、陆德明《毛诗音义》及孔颖达《毛诗正义》合在一起的本子，名之曰《毛诗注疏》。这种附释文注疏合刻本遂成为此后《毛诗正义》版本的主流。

《毛诗正义》单疏本仅见日本武田科学振兴财团杏雨书屋藏南宋刊《毛诗正义》残本，存卷八至四十，半叶十五行，行二十二字至三十二字不等，二十五六字者最多。白口，左右双边。人民文学出版社 2012 年出版的《南宋刊单疏本〈毛诗正义〉》据此影印。现存最早的注疏合刻本为日本足利学校遗迹图书馆藏南宋建刻十行本《毛诗注疏》。足本二十卷，半叶十行，行十八字，注文小字双行二十三字。细黑口，双鱼尾，左右双边。1973 年日本东京汲古书院出版的《毛诗注疏》据此影印。后来的明嘉靖李元阳刻《十三经注疏》本、明万历北京国子监刻《十三经注疏》本、明末汲古阁刻《十三经注疏》本、清乾隆武英殿刻《十三经注疏》本、嘉庆间阮元南昌府学刻《十三经注疏》本，其源头皆可追溯至元翻宋刊附释文注疏合刻本。1980 年中华书局将道光六年（1826）重校本阮刻《十三经注疏》影印出版，2009 年又将清嘉庆刊本阮刻《十三经注疏》影印出版，成为目前最流行的《毛诗注疏》版本。此外，近年来比较有影响的标点本，有 1999 年北京大学出版社出版的由龚抗云、李传书、胡渐逵等人整理的《毛诗正义》简体横排本，2000 年北京大学出版社出版的由龚抗云、李传书、胡渐逵、肖永明、夏先培等人整理的《毛诗正义》繁体竖排本，2001 年台湾新文丰出版公司出版的周何分段标点的《毛诗注疏》，2010 年北京大学出版社出版的由郑杰文、孔德凌校点的《儒藏》本《毛诗注疏》及 2013 年上海古籍出版社出版的由朱杰人、李慧玲整理的《毛诗注疏》等。

4.《诗集传》二十卷，（宋）朱熹撰

朱熹（1130—1200），字元晦，一字仲晦，号晦庵，别称紫阳，晚号晦翁、遯翁、沧州病叟。祖籍徽州婺源（今属江西），生于南剑州尤溪（今属福建）。绍兴十八年（1148）登进士第，历官泉州同安主簿、知南康军、提举浙东常平茶盐公事、知漳州、知潭州、焕章阁待制兼侍讲等。朱熹为南宋大儒，一生门生众多，著述等身，据束景南《朱熹著述考略》统计，凡 144 种，涉及经史子集四部。其《诗》学著作存世者主要有《诗集传》《诗序辨说》《诗传纲领》等。生平见《宋史》卷四二九。

朱熹作《诗集传》，曾两易其稿，初稿全尊《诗序》，吕祖谦《吕氏家塾读诗记》所引"朱氏曰"保留了部分初稿本尊《序》解诗的文字。后来改从郑樵废《序》之说，承认《诗序》实不足信，是为今本《诗集传》。朱熹自述："某向作《诗解》文字，初用《小序》，至解不行处，亦曲为之说。后来觉得不安，第二次解者，虽存《小序》，间为辨破，然终是不见诗人本意。后来方知只尽去《小序》，便自可通。于是尽涤旧说，《诗》意方活。"（《朱子语类》卷八十《论读诗》）因此，他主张去《序》说《诗》，运用涵泳本文的方法，探求诗篇本义，这使得不少诗篇得到了别开生面的解释。朱熹治《诗》，又能兼宗博采，不株守一家之说，训诂多用毛、郑，亦间采三家；解《诗》则广采苏辙、吕祖谦、张载、程颢、程颐、范祖禹、王安石、杨时等前人旧说，择善而从。此外，他对《诗经》学上的一些基本问题，如风、雅、颂、赋、比、兴六义，也作出了崭新的解释。总之，这部书集众家之长，训诂简明扼要，解《诗》平实妥帖，注意理会《诗》之义理，精义纷呈，是宋代《诗经》学史上里程碑式的经典著作。从元代开始，尤其在明清两代，它被定为科举考试的标准教科书，其影响之深之大，自不待言。当然，囿于宋学的局限性及朱熹道学家的身份，《诗集传》也存在不少缺点，如"淫诗说""叶音说"及"反《序》不彻底"等，颇为清儒所诟病。

《诗集传》流传的版本有二十卷本和八卷本两种。其中，八卷本是明代开始流行的简编本，面貌已非其旧，版本价值不高。今天最常见的有文渊阁《四库全书》本。二十卷本是最初成书刊刻时的分卷，今传二十卷宋刻本又分为两个系统。一个是半叶八行，行十七字的系统。仅存瞿镛铁琴铜剑楼本，此本存第十六卷"文王之什"（内残一页），现藏国家图书馆。另一个是半叶七行、行十五字的系统。其中包括陆心源皕宋楼藏本（自卷一二《小雅·蓼萧》第三章朱注"则无所恃"至卷一七卒篇《大雅·板》亡佚，后抄补配齐），现藏日本静嘉堂文库，民国时期商务印书馆的《四部丛刊三编》本据此影印，1955 年文学古籍刊行社又据《四部丛刊三编》本再次影印。还有吴骞藏本（仅存八卷，至《豳风》止，《小雅》以下缺），后归钱塘丁氏，现藏南京图书馆，2006 年北京图书馆出版社将其列入"中华再造善本"系列影印出版。还有国家图书馆藏宋刻明印本（足本二十卷，缩微胶卷），此本原藏北平图书馆，后流至美国国会图书馆，现藏台湾"中央图书馆"。1958 年中华书局上海编辑所据文学古籍刊行社影印本出版了排印本，1980 年上海古籍出版社在订正讹误之后，将其重新出版。近年来比较有影响的整理本，有 2002 年初版、2010 年修订，朱杰人校点的《朱子全书》本（上海古籍出版社、安徽教育出版社），2007 年凤凰出版社王华宝整理本及 2017 年中华书局赵长征点校本等。

5.《诗经通论》十八卷首一卷，（清）姚际恒撰

姚际恒（1647— 约 1715），字立方，一字善夫，号首源。祖籍安徽新安（今休宁），长居浙江仁和（今杭州），晚年迁居钱塘（今属杭州）。仁和诸生，早年工于词章，后专力治经，与毛奇龄、阎若璩等有学术交往。年五十屏绝人事，阅十四载而书成，名曰《九经通论》。又著有《庸言录》《古今伪书考》《好古堂书目》等。生平见《清史列传》卷六八。

《诗经通论》为姚际恒所著《九经通论》之一种。据书中《自序》后署"康熙四十四年乙酉冬十月，新安首原姚际恒识"，知其定稿于康熙四十四年（1705）十月。全书开篇为姚氏《自序》，"卷前"部分有《诗经论旨》《诗韵谱》二文。正文十八卷则是对《诗经》三百零五篇的详细注解，涉及辨正诗旨、分章注析、圈点品评、释文标韵等内容。姚际恒在《自序》中说："《毛传》古矣，惟事训诂，与《尔雅》略同，无关经旨，虽有得失，可备观而弗论。《郑笺》卤莽灭裂，世多不从，又无论矣。"又说："今日折中是非者，惟在《序》与《集传》而已"。知姚氏此书较信《毛传》，深恶《郑笺》，力诋《诗序》和《诗集传》。姚际恒以为《诗序》是卫宏所作，驳杂不可信；对《诗集传》更是大加批评，攻讦朱熹对《诗序》阳违阴从，指出朱熹"淫诗说"是因误读孔子"郑声淫"一语所致。他总结"汉人之失在于固，宋人之失在于妄""明人说《诗》之失在于凿"，主张排除汉、宋门户之见，从诗篇本文中探寻诗旨，"惟是涵咏篇章，寻绎文义，辨别前说，以从其是而黜其非，庶使诗意不致大歧，埋没于若固、若妄、

若凿之中"。故此书《论》诗，往往能够超越传统，摆脱汉唐旧注，不守《序》《传》而直探诗旨，得出较有新意的创见。姚际恒说《诗》不肯盲从的怀疑精神及独立思考的探索精神，在清初有开风气之功。其倡导的"涵泳篇章，寻绎文义"的说诗方法，对后来的崔述、方玉润等人产生了巨大影响。当然，此书在论《诗》时，也有漫衍牵强之处，虽反《序》反朱，但尊经维道的观念很重，如此等等，皆是其美中不足之处。

《诗经通论》现存最早的刻本是道光十七年（1837）王笃铁琴山馆刻本。共十八卷。半叶九行，行十七字，注文双行。白口，单鱼尾，四周双边。书前载有长白鄂山、同安苏廷玉、桂林周贻徽、韩城王笃等人的序言。北京大学图书馆有藏本。1958 年中华书局排印出版的顾颉刚点校本即以此为底本，2002 年上海古籍出版社将该本影印入《续修四库全书》第六十二册。1994 年台湾"中央研究院"文哲所整理出版的《姚际恒著作集》第一册《诗经通论》，是顾颉刚点校本的重编本。2010 年北京大学出版社推出的《儒藏》精华编第三十五册收录有赵睿才校点的《诗经通论》，以《续修四库全书》本为底本，对中华书局本亦有参考。

6.《毛诗传笺通释》三十二卷，（清）马瑞辰撰

马瑞辰（1777–1853），字元伯，一字献生，安徽桐城人。嘉庆十年（1805）进士，选翰林院庶吉士，官至工部员外郎。曾主江西白鹿洞、山东峄山、安徽庐阳书院讲席。太平军破桐城时，以不降被杀。马瑞辰自幼秉承家学，在京任职时与胡培翚、刘逢禄、郝懿行等相友善，与同年进士胡承珙趣味相投，过从甚密。著有《毛诗传笺通释》一书。《清史稿》卷四八二有传。

这部书成于道光十五年（1835），历时十六年之久，初题《毛诗翼注》，

后改为《毛诗传笺通释》，以示其不拘门户之见。全书凡三十二卷，卷前有《自序》及《例言》七则，卷一为杂考各说十九篇，通论《诗经》学上一些有争议的问题，如诗入乐说、鲁诗无传辨、诗谱次序考、周南召南考等。卷二至三十二为本书正文，通释《诗经》。其体例是摘句为释，不列经文，训释词语为主，间亦考证名物，体例与胡承珙《毛诗后笺》略同。马瑞辰论《诗》，博征群经，兼采众长，长于训诂，善"以三家辨其异同，以全经明其义例，以古音、古义证其讹互，以双声叠韵别其通借"（《毛诗传笺通释·自序》）。其训诂，或纠毛、郑之失，或补毛、郑之阙，大多立论有据，常能发前人所未发。本书的不足之处在于过于拘泥《诗序》，偶有训释失当及征引失误等问题。但瑕不掩瑜，堪称清代《诗经》研究中首屈一指的著作。

　　《毛诗传笺通释》最早的刻本是道光十五年马氏学古堂刻本。半叶十一行，行二十一字，注小字双行同。大黑口，单鱼尾，左右双边，上下单边。前有《毛诗传笺通释自序》，《自序》后有《目次》及《例言》。2002 年上海古籍出版社将该本影印入《续修四库全书》第六十八册。光绪十四年（1888），广雅书局重刻学古堂本，对初刻本的讹误有所订正。是刻半叶十一行，行二十四字，小注双行。白口，单鱼尾，四周单边。前有马瑞辰《自序》《目次》及《例言》，后有廖廷相跋。同年，王先谦编印的《皇清经解续编》也收录该书，翻刻时也有所校正，但删去了原有的《自序》《目次》及《例言》。是刻每叶三栏，每栏三十三行，行二十二字，小注双行。后来的《四部备要》本即以《皇清经解续编》本为底本，加以校正而成。1989 年中华书局出版陈金生点校本，该书以广雅书局刻本为底本，以《皇清经解续编》本为校本，为读者阅读提供了便利。

7.《诗毛氏传疏》三十卷，（清）陈奂撰

陈奂（1786－1863），字硕甫，号师竹，晚号南园老人，江苏长洲（今苏州）人。诸生，咸丰元年（1851）举孝廉方正。先后师事江沅、段玉裁，又问学于高邮王氏父子，并与郝懿行、胡培翚、胡承珙、金鹗等交厚，学识日进。陈奂精于训诂考证，专攻《毛传》。又著有《释毛诗音》《毛诗说》《毛诗传义类》《郑氏笺考征》等。《清史稿》卷四八二有传。

《诗毛氏传疏》于道光二十年（1840）开雕，二十七年（1847）雕成。据书前《条例十凡》，知陈奂用力此书几近三十载。全书凡三十卷，卷前有《叙》及《条例十凡》，正文采用注疏之体，每篇之前，首列《诗序》，每章诗文之下，列《毛传》及己疏，对《毛诗》逐字逐句加以训释。陈奂治《诗》，主张"读《诗》不读《序》，无本之教也。读《诗》与《序》，而不读《传》，失守之学也"（《诗毛氏传疏·叙》），他认为毛氏之学，源自子夏，是孔门正传；而郑玄笺毛，间采今文家说，其说已杂而不纯。故这部书专宗《毛传》《诗序》，而废去《郑笺》不采。训诂以《尔雅》为准，通释以《说文》为证，力从文字、音韵、训诂、名物等方面阐发诗篇本义。晚清藏书家朱记荣在《后序》中盛赞陈奂"引据赅博，疏证详明，毛义彬彬，于斯为最，潜研考索之深，驾先儒而上之，洵毛氏之功臣也"。梁启超亦十分推重此书，认为与同时代的胡承珙《毛诗后笺》、马瑞辰《毛诗传笺通释》相比，"胡、马贵宏博而陈尚谨严，论者多以陈称最"，又说"毛传之于训诂名物，本极矜慎精审，可为万世注家法程。硕甫以极谨严的态度演绎他，而又常能广采旁征以证成其义，极洁净而极通贯，真可称疏家模范了"。^①评价不可谓不高。当然，本书一意固守《毛传》之说，坚持疏不破注，难免也有胶柱鼓瑟之憾。

　　《诗毛氏传疏》现存最早的刻本是国家图书馆藏道光二十七年初刻本。是刻半叶十行，行二十一字，注小字双行同。黑口，双花鱼尾，左右双边。封面以隶书题"诗毛氏传疏"五字，左侧行书云："硕甫知交垂三十年矣，向邃于西汉人之学，世罕匹俦。今观其书锓版以流誉于无穷也，因乐为之记。镶白弟仲来芝山氏拜题。"右侧楷书题签"道光二十六年岁次丙午春三月"，背面牌记云"苏城南园扫叶山庄陈氏藏版"，其目录页下钤"海宁杨芸士藏书之印""北京图书馆藏"等印章。1992年山东友谊书社《孔子文化大全》丛书将该本影印出版。《诗毛氏传疏》在坊间流行的版本是道光二十七年刻后修订本。是刻半叶十行，行二十一字，注小字双行同。细黑口，双花鱼尾，左右双边。卷首题"道光二十七年秋八月硕甫自题"十三字，背面牌记云"吴门南园扫叶山庄陈氏藏版"，又有费丹旭写陈奂六十二岁小像、汪献玗书潘尊祁画赞。2002年上海古籍出版社将该本影印入《续修四库全书》第七十册。此后光绪十年（1884）徐子静覆刻陈氏《毛诗》五种本、光绪间《皇清经解续编》本（南菁书院刻本、蜚英馆石印本）、光绪至民国间鸿章书局石印本四个版本皆出自道光二十七年刻后修订本。民国十九年（1930），王云五编《万有文库》排印本由上海商务印书馆出版，该书以徐子静覆刻陈氏《毛诗》五种本为底本，由顾颉刚施加句读。民国二十四年（1935）商务印书馆编《国学基本丛书》，用民国十九年旧版。2009年北京大学出版社推出的《儒藏》精华编第三十三、三十四册收录有王承略、陈锦春校点的《诗毛氏传疏》，以《孔子文化大全》丛书影印的

---

　　① 梁启超《中国近三百年学术史》，朱维铮校注，复旦大学出版社2016年，第202页。

道光二十七年初刻本为底本，以陈氏《毛诗》五种本、光绪十年徐子静覆刻本、《皇清经解续编》本为参校本，是目前唯一的标点整理本。

8.《诗三家义集疏》二十八卷，（清）王先谦撰

王先谦（1842—1918），字益吾，晚号葵园，湖南长沙人。同治四年（1865）进士，选翰林院庶吉士，曾任国子监祭酒、江苏学政。光绪十五年（1889）辞官回湘，历主思贤讲舍、城南书院、岳麓书院讲席，潜心撰述。终其一生，上笺群经，下证国史，旁论文章，用逮诸子，著述颇丰。著有《尚书孔传参正》《释名疏证补》《水经注合笺》《汉书补注》《后汉书集解》《庄子集解》《荀子集解》《十朝东华录》等。《清史稿》卷四八二有传。

《诗三家义集疏》初名《三家诗义通绎》，始撰于江苏学政任上，然仅至《卫风·硕人》而中辍。王先谦晚岁赓续其书，二度修改，于民国四年（1915）刊行，时年七十有四。全书共二十八卷，卷前有一篇《序例》，叙述三家《诗》传授源流，持论力诋《毛诗》，尊崇三家《诗》说。在卷数上，合《邶》《鄘》《卫》为一卷，以复三家《诗》二十八卷之旧。正文采用注疏体例，每篇诗文，前列篇名，后计章句，经文一依《毛诗》，篇名及每句经文下，列"注"和"疏"两部分，"注"中专列鲁、齐、韩三家《诗》说，"疏"中首列《毛序》《毛传》及《郑笺》，然后征引秦汉以下各类典籍中有关三家《诗》的佚文遗说及历代注家的考证成果，以明三家遗说之出处。最后以"愚案"的形式，申说己见。凡《毛诗》有解而三家无征者，则注明"三家无异义"或"三家义无闻"。体例正如其在《序例》中所说："余研核全经，参汇众说，于三家旧义采而集之，窃附己意，为之通贯。"这部书遍采宋至清数十家研治三家《诗》学已有之成果，得力于陈寿祺、陈乔枞《三家诗遗说考》尤多；在文字音韵、名物地理的考

证方面，广泛吸收陈启源、惠栋、戴震、钱大昕、郝懿行、段玉裁、王念孙、王引之、胡承珙、马瑞辰、陈奂等人的精见卓识。引证浩繁、兼收并蓄，堪称清代三家《诗》研究的集大成之作。

《诗三家义集疏》的版本甚少，流通不广。主要刻本有长沙王氏虚受堂家刻本，此本扉页为八分题书名，复有"乙卯仲夏虚受堂刊"木记。书首首列民国十一年（1922）溥仪谕旨，次列《南书房覆奏稿》，末列《陈君进呈稿》。故此本之刷印，当不早于民国十一年。2002年上海古籍出版社将该本影印入《续修四库全书》第七十七册。1987年中华书局出版了吴格点校本《诗三家义集疏》，为读者阅读提供了便利。

结　语

周代是一个崇尚礼制文德的社会，西周初年的周公制礼作乐，奠定了以"亲亲尊尊"的等级制度为核心的礼制基础。此后，伴随着社会历史的发展，周代礼乐制度也经历了一个不断制作—被破坏—修复—再破坏—再修复，一直到完全崩溃的历史过程。这个迭宕起伏的历史过程，不仅塑造了周人重礼乐、尚文德的文化性格，同时也为后人留下了人类文明中上最璀璨的明珠——《诗经》。

《诗经》是周代礼乐制度的产物，同时也是周代礼乐制度的组成部分。在礼乐相须为用的周代，以"礼"为内核的"乐"，随着礼乐制度的推行，深深融入了周人的社会生活当中。"大夫无故不彻县，士无故不彻琴瑟"，日常生活的礼乐化，造就了周人"郁郁乎文哉"的礼乐文明。从西周初年开始，大大小小的典礼仪式都需要与仪式内容相适应的配乐之歌。典礼仪式的需求推动了雅颂仪式赞歌的批量制作。另一方面，从周初就得到执行的广开言路、听政于民的谏官制度，也为献诗讽谏、采诗观风留下了通道。在风衰俗怨的西周后期，以"诗人始作"为标志，讽刺之"诗"开始走上历史舞台。经过厉王之乱成长起来的周宣王，在其继位之初颇有雄心壮志。在他效法先王、重修礼乐的过程中，讽刺之"诗"进入仪式。由此开始，仪式歌唱中颂圣之辞一统天下的局面开始发生改变。仪式乐歌内容的改变，也让"歌"与"诗"的内涵发生改变。《雅》《颂》仪式之"歌"与讽谏怨刺之"诗"的界限逐渐模糊并走向合流。原本指代讽谏之辞、注重内容意义的"诗"名逐渐扩大，最终成为周代仪式之歌、讽谏之辞的通名。

"诗入仪式"让"在列者献诗使勿兜"的献诗制度与"命太师陈诗以观民风"的采诗制度，定型为周代礼乐制度中最有力量的文化传统。在礼乐制度的框架内，以"赋"与"风"为代表的文化手段，在满足"知得失，自考正"的政治需要时，也为中国文学史贡献了一大批"直陈政教之善恶"的讽谏诗与"吟咏性情以讽其上"的"风刺"诗，从而奠定了中国文学政教色彩浓厚的文化基因，也从根本上决定了中国后世文学的基本走向。

《诗经》三百篇，非一时一地一人之作。它是经历了五百多年的风雨历程，经过多人之手、多次编辑才最终形成的。《诗经》文本形成史上的第一次编辑活动，是发生在周康王三年的"定乐歌"。"定乐歌"确立了收录仪式乐歌的编辑原则，也规定了诗文本作为歌辞本从属于"乐"的文本属性。在周礼走向成熟的周穆王时代，使用于各类仪式的乐歌被补入其中，诗文本的内容进一步扩大，但收录仪式乐歌的原则仍然得到了延续。之后，到宣王时代，"诗入仪式"冲破了仪式乐歌被颂赞之辞一统天下的局面，讽谏怨刺之辞登堂入室成为诗文本的重要内容。经历了周幽王的败灭与周二王并立的纷争之后，周平王成功登位。两周之际的政治现实，让统治者对讽刺诗政教功能的期待超越了仪式配乐的需要。这一时代的诗歌作品，无论颂美还是讽刺，都在"美宣王"与"刺幽王"的名义下被纳入到诗文本当中。于是，脱离仪式束缚，以美刺讽谏为旨归的、被命名为《诗》的文本正式出现。与此同时，作为对在二王并立的争夺中帮助过周平王的晋、郑、秦、卫等诸侯国的奖励，这些诸侯国的地方音乐也被纳入了周王室的音乐机关，成为"周乐"的组成部分。到齐桓公称霸之时，周天子的威权逐渐丧失，"礼乐征伐自诸侯出"，采诗观风也在"观风俗，知得失，自考正"的名义下演变为对声色的追求，"周乐"的标准进一步降低，更多的"乡乐"被纳入"周乐"体系。出于赋诗言志的需要，此前以独立形式流传的《周颂》与《商颂》，也被纳入了被奉为"德义之府"的《诗》中，具有"四始"结构的《诗》文本至此形成。经过春秋后半期礼崩乐坏的冲击，执政者失去了恢复周道、重修礼乐的意识与能力。官学下移，私学兴起，以天下为己任的孔子，主动承担起恢复和弘扬礼乐文化的历史责任，删《诗》定本。让《诗》与其他五经一道，由周代的王官之学变身为儒家的经典课本，得以在儒家学派内部代代传承，礼崩乐坏而斯文不坠。

从"定乐歌"的意图与目的而言，最初的诗文本，实质上只是典礼仪式的配乐歌辞本。但是，随着这个歌辞本被用为周代国子"乐语"之教的课本，由掌握着"六诗之歌"的乐官，通过"兴、道、讽、诵、言、语"的教授与引导，让这些乐歌歌辞内化为成为国子心目中具有经典性与威权性的语料库之后，歌辞就变成了说理、证事时被频繁引用以增加说服力的工具。在这个过程中，仪式乐歌的歌辞也渐渐超越了典礼配乐的目的，衍生出了更具影响力的礼乐教化功能，成为施行政治教化的工具。随着"诗入仪式"的发生，"歌"与"诗"合流，仪式乐歌的政治讽谏功能得到强化，《诗》最终完全超越了仪式与音乐的限制，在"诗言志"的表达中形成了"《诗》《书》，义之府也"的观念。于是，在春秋时代赋诗言志风气的推动下，引《诗》以说理证事成为人们最为常见的语言方式。春秋末年孔子以《诗》为教，在孔门弟子"《诗》云……此之谓也"的程式化引用中，《诗》的权威性不断被强化，最终演变成为儒家的经典——《诗经》。

从汉代初年陆贾频繁称引《诗》《书》时起，《诗》就开始承担起了"谏书"的功能，并逐渐深入地参与到了汉王朝的政治文化建设中，最终成为汉代主流意识形态的重要组成部分。汉初比较著名的传《诗》者有齐辕固、鲁申培、燕韩婴和毛亨、毛苌四家，其中齐、鲁、韩三家相继被纳入官学体系，立为博士。《毛诗》仅被河间献王立为博士，之后一直在民间传播。但是，在汉代经学谶纬化的过程中，与政治关系密切的三家《诗》无一幸免地从极盛走向了衰落。而一直在民间传承的《毛诗》，经过汉末大儒郑玄的笺注受到学者的重视。在齐、鲁、韩三家《诗》相继失传的魏晋时代，《毛诗》成为学人共尊的《诗经》传本。自此之后，汉代四家《诗》因经文以及阐释思想的不同所带来的经义阐释的差异，逐渐转变为《毛诗》学内部因《毛传》《郑笺》之异同而引起的王肃攻郑的论争。郑、王之学的论争贯穿了整个魏晋南北朝时代，一直到孔颖达受诏做《毛诗正义》，才平息了《毛诗》学内部的纷争，实现了"论归一定""人无异词"的经义一统。之后，尽管经历了充满怀疑精神的宋儒的挑战，朱熹的《诗》学一度被视为《诗》学正宗。但是，由毛传、郑笺、孔疏所建立起来的《毛诗》阐释体系却始终居于《诗经》学的主流位置。一直到20世纪初期经学时代终结，以"三百篇为谏书"的经学政治化的说《诗》模式，才逐渐被文学性解读所取代。

由朱熹所倡导的"只将本文熟读玩味"的读《诗》法，经清初姚际恒的继承与推进，最终在古史辨派学者掀起的疑古思潮中发扬光大。"以文学说经"成为20世纪《诗经》学最主要的特征。但是，割断了《诗经》与礼乐、与政教的关联之后，也就失去了理解《诗经》以及以《诗经》为根基所形成的礼乐文化的途径。

《诗经》不仅仅只是一部"歌谣集"，不仅仅只是保存了西周至春秋时代五百年间的三百多首作品。实际上，在与周代礼乐制度关联互动的形成过程中，围绕《诗》的传承与阐释产生的一系列思想，对当时及后世都产生了深刻的影响："诗言志"的观念在从"《诗》"到"诗"的拓展中向"诗缘情"的嬗变，"赋比兴"从用《诗》技艺向文学表现手法的转化，"兴观群怨"对以《诗》为代表的文学社会功能的总结，以及"温柔敦厚而不愚"对既不过激又坚守原则的辨证思想的坚守，都具有典范式的意义。可以说，《诗经》作为中国文学的不祧之祖，它不仅深刻影响了中国人的思维方式，而且塑造了中国人的精神风貌，同时还从根本上规定了中国文学的基本走向。

就《诗》的传承方式而言，它经历了被之管弦、书之竹帛、镌之石碑、转抄于手卷、付之梨枣的历史变迁。早在先秦时期，《诗》就以系诸口耳与载于竹帛两种方式得以传承。秦火之后，《诗》得独全，"以其讽诵，不独在竹帛故也"。但是讽诵的口耳相传所带来的文字歧异导致了诗义阐释的差异。汉代《诗》分四家，一直到汉末郑玄作《毛诗传笺》，采三家说以注《毛诗》，才消弭了四家《诗》说之间的分歧。之后出现的开成石经，作为"古本之终，今本之祖"，为《毛诗》文本的"文定一尊"做出了特殊的贡献。

尽管郑振铎把历代的注疏称为重重叠叠的"瓦砾"，但"瓦砾"堆中不乏具有恒久价值的《诗》学著作。除了带来诗文与诗义一统的《毛诗传笺》《毛诗正义》之外，朱熹的《诗集传》、姚际恒的《诗经通论》、马瑞辰的《毛诗传笺通释》、陈奂的《诗毛氏传疏》、王先谦的《诗三家义集疏》等，都是此类著作。这也是本书对它们做特别推介的根本原因。

说不完、道不尽，是《诗经》。希望这部小书，能为《诗经》爱好者打开一扇读懂《诗经》、理解《诗经》的门窗。

主要参考文献

（唐）孔颖达纂修：《毛诗正义》，十三经注疏本（清嘉庆刊本），中华书局，2009 年。

（宋）朱熹著，赵长征点校：《诗集传》，中华书局，2017 年。

（清）姚际恒著，顾颉刚点校：《诗经通论》，中华书局，1958 年。

（清）永瑢等著：《四库全书总目》，中华书局，1965 年。

（清）马瑞辰著，陈金生点校：《毛诗传笺通释》，中华书局，1989 年。

（清）方玉润著，李先耕点校：《诗经原始》，中华书局，1986 年。

（清）王先谦著，吴格点校：《诗三家义集疏》，中华书局，1987 年。

（清）皮锡瑞著，周予同注释：《经学历史》，中华书局，2012 年。

梁启超著：《清代学术概论》，上海古籍出版社，1998 年。

梁启超著，朱维铮校注：《中国近三百年学术史》，复旦大学出版社，2016 年。

朱东润著：《诗三百篇探故》，上海古籍出版社，1981 年。

顾颉刚编：《古史辨（三）》，上海古籍出版社，1982 年。

朱自清著：《诗言志辨》，华东师范大学出版社，1997 年。

闻一多著：《闻一多全集》，生活·读书·新知三联书店，1982 年。

张西堂著：《诗经六论》，商务印书馆，1957 年。

马衡著：《凡将斋金石丛稿》，中华书局，1977 年。

屈万里著：《书傭论学集》，台湾联经出版事业公司，1984 年。

夏传才著：《诗经研究史概要（增注本）》，清华大学出版社，2007 年。

蒋见元、朱杰人著：《诗经要籍解题》，上海古籍出版社，1996 年。

夏传才、董治安主编：《诗经要籍提要》，学苑出版社，2003 年。

王昆吾著：《中国早期艺术与宗教》，东方出版中心，1998 年。

阎步克著：《乐师与史官：传统政治文化与政治制度论集》，生活·读书·新知三联书店，2001 年。

洪湛侯著：《诗经学史》，中华书局，2002 年。

刘毓庆著：《历代诗经著述考（先秦－元代）》，中华书局，2002 年。

马银琴著：《两周诗史》，社会科学文献出版社，2006 年。

刘毓庆、贾培俊著：《历代诗经著述考（明代）》，中华书局，2008 年。

马银琴著：《周秦时代〈诗〉的传播史》，社会科学文献出版社，2011 年。

张丽娟著：《宋代经书注疏刊刻研究》，北京大学出版社，2013 年。

单承彬主编：《续修四库全书总目提要·经部》，上海古籍出版社，2015 年。

程苏东著：《从六艺到十三经：以经目演变为中心》，北京大学出版社，2018 年。

推荐阅读书目

（宋）朱熹著，赵长征点校：《诗集传》，中华书局，2017 年。

（清）方玉润著，李先耕点校：《诗经原始》，中华书局，1986 年。

（清）王先谦著，吴格点校：《诗三家义集疏》，中华书局，1987 年。

程俊英、蒋见元著：《诗经注析》，中华书局，1991 年。

杨向奎著：《宗周社会与礼乐文明》，人民出版社，1997 年。

李山著：《诗经的文化精神》，东方出版社，1997 年。

沈文倬著：《宗周礼乐文明考论》，杭州大学出版社，1999 年。

夏传才著：《诗经研究史概要（增注本）》，清华大学出版社，2007 年。

刘毓庆、郭万金著：《从文学到经学：先秦两汉诗经学史论》，华东师范大学出版社，2009 年。

马银琴著：《周秦时代〈诗〉的传播史》，社会科学文献出版社，2011 年。

韩高年著：《〈诗经〉分类辨体》，上海古籍出版社，2011 年。

后 记

我不记得葆莉是什么时候找我讨论撰写《〈诗经〉史话》的事情了，只从邮件中翻到 2014 年 4 月 21 日刘鹏兄寄来的《〈诗经〉史话》约稿函。《〈诗经〉史话》是"中国珍贵典籍史话丛书"中的一本。"中国珍贵典籍史话丛书"（下文简称"史话丛书"）是一个很大的出版项目，初期设想是完成一本出版一本。具体到每一部书，只有一个大致的写作期限，并没有设定硬性的、比较紧迫的完成时限。这样的设计似乎不会给我造成过大的精神压力。因此，在葆莉找到我时，我便毫不犹豫地答应了。之后提交给刘鹏兄的写作提纲也顺利地通过了编委会的审核，进入写作应该是顺理成章的事情。但是，仅仅写了一个开头之后，这件事就因我的工作变动而被搁置了下来。

2015 年 7 月，我从中国社会科学院文学所调往清华大学中文系。进入学校后最重要的事情就是上好课。这对于缺少教学经验的我来说，是一个莫大的挑战。在接下来两年多的时间里，我把主要的精力都放在了教学上。于是备课成为我每天最主要的工作。有亲戚朋友对我整天忙于"备课"甚为不理解："备个课需要花那么多功夫吗？那么多当老师的，没见谁像你这样备课。"这也让我颇为惭愧。当然，认真备课也不纯粹只是完成上课的任务。在备课的过程中，总是会碰到一些在之前未涉及或未做深入探究的问题，答疑解惑的需要，总是会推着我不断深入地思考。《礼记·学记》中有这样一段话："学然后知不足，教然后知困；知不足然后能自反，知困然后能自强。故曰：教学相长也。"走上讲台之后，我真正深刻地体会到了什么叫"教学相长"，也很享受因此获得的快乐，《〈诗经〉史话》于是被完全放在了一边。

到 2017 年 4 月，再次收到刘鹏兄的邮件，通报说"史话丛书"已经正式出版了 15 种，并且将以每年 8 至 10 种的进度长期坚持下去。虽然邮件仍然表示"将坚持随赐稿随出版的原则"，但是已有 15 种出版的信息仍然给了我不少压力。而且，经过近两年的学习与适应，上课带给我的紧张感终于稍稍有所减轻。于是，搁置近两年的《〈诗经〉史话》重新被提上写作日程。当年 10 月份，葆莉再次作为"史话丛书"的联络人与我联系，询问《〈诗经〉史话》的进度，我当时预计能在年底交稿。但是，从那个学期开始，意料之外的各种杂事占用了大量的课余时间，计划中的写作内容未能如期完成，我只好把交稿的时间再次延后。一直到去年夏天，才利用暑假的时间一鼓作气完成了初稿。

从 2016 年秋季开始，我开设了一门"《诗经》研究"课。在第一次上课时，我就把梳理《诗经》文本系统的问题布置给了我的学生胡霖。在学期末的最后一次课上，他以此为内容做了一次课堂展示。之后，他根据收到的反馈意见对自己的梳理又做了认真的修改，使之更加条理清晰。一年之后，他又在相同的课堂上做了一次展示，这次展示获得了同学们普遍的好评。我曾询问他是否可以把这些内容整理成文章发表出来，他说自己只是把分散的材料集中到一起而已，并没有太多的新意。而"史话丛书"有一项必备的内容是对相关典籍的珍贵版本做一些简介和推广，因此，鉴于胡霖在

《诗经》文本系统问题上已有的积累，重启《〈诗经〉史话》的写作任务之后，我邀请他协助我撰写其中与文本传承问题相关联的部分。于是，在充分讨论的基础上，他独立完成了第四章"薪火相传——《诗经》的文本源流"。这是一次成功的合作。

除了承担第四章的撰写任务之外，胡霖还通读全书，对前三章中存在的问题提出了中肯的修改意见。我的学生孙晓敏也作为书稿的第一位读者，在核校原文的工作中纠正了许多文字上的错漏。在书稿的审校过程中，责编黄鑫女史认真负责、细致耐心的工作作风更是让我感动。

最后特别需要感谢的，是国家图书馆的梁葆莉女史。如果没有她最初的联络，我大概不会想到要去写一部《〈诗经〉史话》。

马银琴

2019 年 3 月 16 日于易简斋

《中国珍贵典籍史话丛书》已出版书目

序号	书名	著者	定价	出版时间	条码
1	打开西夏文字之门	聂鸿音 著	48.00	2014 年 7 月	ISBN 978-7-5013-5276-0
2	《文苑英华》史话	李致忠 著	52.00	2014 年 9 月	ISBN 978-7-5013-5273-9
3	敦煌遗珍	林世田 杨学勇 刘 波 著	58.00	2014 年 9 月	ISBN 978-7-5013-5274-6
4	康熙朝《皇舆全览图》	白鸿叶 李孝聪 著	45.00	2014 年 9 月	ISBN 978-7-5013-5351-4
5	慷慨悲壮的江湖传奇	张国风 著	52.00	2014 年 10 月	ISBN 978-7-5013-5442-9
6	《太平广记》史话	张国风 著	48.00	2015 年 1 月	ISBN 978-7-5013-5484-9

7	《永乐大典》史话	张忱石　著	48.00	2015 年 1 月	ISBN 978-7-5013-5493-1
8	《玉台新咏》史话	刘跃进 原著 马燕鑫 订补	53.00	2015 年 1 月	ISBN 978-7-5013-5530-3
9	《史记》史话	张大可　著	52.00	2015 年 6 月	ISBN 978-7-5013-5587-7
10	西夏文珍贵典籍史话	史金波　著	55.00	2015 年 9 月	ISBN 978-7-5013-5647-8
11	《金刚经》史话	全根先 林世田　著	38.00	2016 年 6 月	ISBN 978-7-5013-5803-8
12	《太平御览》史话	周生杰　著	45.00	2016 年 10 月	ISBN 978-7-5013-5874-8
13	春秋左传史话	赵伯雄　著	45.00	2016 年 11 月	ISBN 978-7-5013-5880-9
14	《尔雅》史话	王世伟　著	38.00	2016 年 12 月	ISBN 978-7-5013-5938-7
15	《广舆图》史话	成一农　著	48.00	2017 年 1 月	ISBN 978-7-5013-5990-5

16	《齐民要术》史话	缪启愉 缪桂龙　著	45.00	2017 年 4 月	ISBN 978-7-5013-5978-3
17	《淳化阁帖》史话	何碧琪　著	55.00	2017 年 4 月	ISBN 978-7-5013-6055-0
18	《四库全书总目》：前世与今生	周积明 朱仁天　著	58.00	2017 年 4 月	ISBN 978-7-5013-5926-4
19	《福建舆图》史话	白鸿叶 成二丽　著	40.00	2017 年 12 月	ISBN 978-7-5013-5979-0
20	《孙子兵法》史话	熊剑平　著	50.00	2018 年 1 月	ISBN 978-7-5013-6312-4

国家图书馆出版社简介

国家图书馆出版社 1979 年成立，原名书目文献出版社，1996 年更名为北京图书馆出版社，2008 年改为现名。

本社是文化和旅游部主管、国家图书馆主办的中央级出版社。2009 年 8 月新闻出版总署首次经营性图书出版单位等级评估定为一级出版社，并授予"全国百佳图书出版单位"称号。2014 年被全国哲学社会科学规划办公室评定为"国家社科基金后期资助项目推荐申报出版机构"。

建社四十年来，形成了两大专业出版特色：一是整理影印各种稀见历史文献；二是编辑出版图书馆学和信息管理科学著译作，出版各种书目索引等中文工具书。此外还编辑出版各种文史著作和传统文化普及读物。